KB052544

곰곰

안현미

시인의 말

품에 안고 동냥젖을 물려준 언어들과
나를 가여워하시는 모든 애인들께
오체투지!

안현미

차례

1부 비굴 레시피

2부 시구문屍口門 밖, 봄

3부 여행 온 아이가 여행 온 아이에게

자전적 산문

해설

1부

비굴 레시피

곰곰

주름진 동굴에서 백 일 동안 마늘만 먹었다지
여자가 되겠다고?

백 일 동안 아린 마늘만 먹을 때
여자를 꿈꾸며 행복하기는 했니?

그런데 넌 여자로 태어나 마늘 아닌 걸
먹어본 적이 있기는 있니?

거짓말을 제조하다

우우, 우, 우 그녀의 더듬이가 쥐 오줌 번진 책장을 더듬고 있다 불 꺼진 방 전기장판은 얼음장 위에 신문지 같다 그녀의 더듬이는 의수義手를 닮았다 우우, 우, 우 비키니 옷장 속에는 아귀 같은 짐승이 웅크리고 앉아 그녀의 잠을 아귀처럼 먹어치우고 있다 우우, 우, 우 그녀의 더듬이가 의수 같은 그녀의 더듬이를 비빈다 쥐 오줌 번진 책장 속에선 벌레가 된 사내가 바이올린 연주를 듣고 있다 그녀의 의수 같은 더듬이가 제조하는 현은 세상의 슬픔 따위에는 울지 않는다 우우, 우, 우 산동네의 겨울은 길다 차라리 신神은 봄 같은 건 제조하지 말았어야 한다! 고 그녀의 더듬이는 쓴다 우우, 우, 우 그녀의 더듬이가 운다 네 울음은 불온하다, 고 누군가 그녀의 불면 속으로 걸어 들어와 딸깍, 그녀의 더듬이를 자른다 우우, 우, 우 봄을 제조한 신神은 위대하다, 위대하다! 불 꺼진 방에서 벌레처럼 납작 엎드린 그녀가 거짓말을 제조하기 시작한다 더듬더듬, 시 같은 거짓말을!

거짓말을 타전하다

여상을 졸업하고 더듬이가 긴 곤충들과 아현동 산동네에서 살았다 고아는 아니었지만 고아 같았다 사무원으로 산다는 건 한 달 치의 방과 한 달 치의 쌀이었다 그렇게 꽃다운 청춘을 팔면서 살았다 꽃다운 청춘을 팔면서도 슬프지 않았다 가끔 대학생이 된 친구들을 만나면 말을 더듬었지만 등록금이 없어 학교에 가지 못하던 날들은 이미 과거였다 고아는 아니었지만 고아 같았다 비키니 옷장 속에서 더듬이가 긴 곤충들이 출몰할 때도 말을 더듬었다 우우, 우, 우 일요일엔 산 아래 아현동 시장에서 혼자 순대국밥을 먹었다 순대국밥 아주머니는 왜 혼자냐고 한 번도 묻지 않았다 그래서 고마웠다 고아는 아니었지만 고아 같았다

여상을 졸업하고 높은 빌딩으로 출근했지만 높은 건 내가 아니었다 높은 건 내가 아니라는 걸 깨닫는 데 꽃다운 청춘을 바쳤다 억울하진 않았다 불 꺼진 방에서 더듬이가 긴 곤충들이 나 대신 잘 살고 있었다 빛을 싫어하는 것 빼곤 더듬이가 긴 곤충들은 나와 비슷했다 가족은 아니었지만 가족 같았다 불 꺼진 방 번개탄

을 피울 때마다 눈이 시렸다 가끔 70년대처럼 연탄가스 중독으로 죽고 싶었지만 더듬더듬 더듬이가 긴 곤충들이 내 이마를 더듬었다 우우, 우, 우 가족은 아니었지만 가족 같았다 꽃다운 청춘이었지만 벌레 같았다 벌레가 된 사내를 아현동 헌책방에서 만난 건 생의 꼭 한 번은 있다는 행운 같았다 그 후로 나는 더듬이가 긴 곤충들과 진짜 가족이 되었다 꽃다운 청춘을 바쳐 벌레가 되었다 불 꺼진 방에서 우우, 우, 우 거짓말을 타전하기 시작했다 더듬더듬, 거짓말 같은 시를!

비굴 레시피

재료

비굴 24개 / 대파 1대 / 마늘 4알

눈물 1큰술 / 미증유의 시간 24h

만드는 법

1. 비굴을 흐르는 물에 얼른 흔들어 씻어낸다.
2. 찌그러진 냄비에 대파, 마늘, 눈물, 미증유의 시간을 붓고 팔팔 끓인다.
3. 비굴이 끓어서 국물에 비굴 맛이 우러나고 비굴이 탱글탱글하게 익으면 먹는다.

그러니까 오늘은
비굴을 잔굴, 석화, 홍굴, 보살굴, 석사처럼
영양이 듬뿍 들어있는 굴의 한 종류로 읽고 싶다
생각건대 한순간도 비굴하지 않았던 적이 없었으므로
비굴은 나를 시 쓰게 하고
사랑하게 하고 체하게 하고

이별하게 하고 반성하게 하고
당신을 향한 뼈 없는 마음을 간직하게 하고
그 마음이 뼈 없는 몸이 되어 비굴이 된 것이니
그러니까 내일 당도할 오늘도
나는 비굴하고 비굴하다
팔팔 끓인 뼈 없는 마음과 몸인
비굴을 당신이 맛있게 먹어준다면

짜가투스트라는 이렇게 말했다

'시인은 죽었다.'

허블 우주 망원경
블랙홀
시간의 띠(뫼비우스)와 공간의 일그러짐을 클릭하라
치사량의 열정과 눈물 한 방울만큼의 광기와 고독
개미의 페로몬 같은 상상력을 복용할 것
보르헤스와 랭보와 백석과 소월의 키워드를 해석할 것
시인은 그렇게 복제된다

여기는
사이버 우주
사이보그 Si-In
시인의 영혼을 화형하라!
그리고
낡은 시대와 서둘러 작별하라

시,인,은,죽,었,다

디스켓에 시인의 사리舍利를 저장하고
e-메일로 전송할 것
나는 온라인으로부터 왔다
나는 새로운 세상의 신神이다

이때 떠돌이 시인 등장
책상 앞으로 다가가 막을 내리듯 플러그를 뽑는다
(100년 동안 암전)
태초의 빛처럼 무대가 밝아지면
시인이 다음과 같이 원고지에 적고 있다

짜가투스트라는……

몽

귀가 잘린 사내가 화구를 메고
꿈속으로 걸어 들어와
피 묻은 헝겊을 주고 퇴장한다
헝겊엔

‘세잔의 사과는 세잔의 사과일 뿐’

나는 그의 귀를 선물 받은 창녀를 모르고
꿈을 찍은 구로사와 아키라도 모르는데
내 꿈속에는 〈라쇼몽〉에 내리던 비가 내리고
아내와 도둑이 등장한다
나는 프로이트도 모르는데
숲 속에선 빨간 사과가 익어가고
도둑은 사과를 삼키고
사무라이는 살해된다
나는 아무것도 모르는데
사무라이와 도둑에게 버림받고
나무꾼은 내 아이를 데리고 나생문羅生門을 떠난다

나는 아무것도 알지 못하는데
꿈 밖에서
포스트맨은 벨을 두 번 누르고
수취인 불명으로 되돌아온
주,홍,글,씨

세잔의 사과는 세잔의 사과일 뿐
다만 그뿐

그해 여름

목마르지 않은데도 물이 몸에 좋다는 이유로 습관적으로 물을 마셔왔다가 어느 날 갑자기 물맛을 잃어버린 기분이에요, 라고 말하고 여자가 팔려갔다 여자와 함께 켜놓았던 눈부신 날들도 불을 끄고 문을 닫았다 난독증을 앓는 착란의 바람이 집창촌 골목 다닥다닥 붙은 유리벽을 흔들고 지나갔다 이방의 어느 골목인 듯 모국어가 그리웠다 생은 결국 플러스 제로와 마이너스 제로만을 해답으로 가진 수학 공식 같았다 유리벽에 걸린 블루마린빛 시계는 자살했고 미로처럼 구불구불한 그녀들의 방 거울 속엔 마스카라가 얼룩진 얼굴들이 검은 눈물을 흘리고 있었다 슬픔은 팡이팡이 피어오르는 곰팡이꽃처럼 습관적으로 습한 곳만 더듬거렸다 습관적으로 희망하고 반복적으로 절망하는 날들이 지나갔지만 아무도 여자가 어디로 갔는지 묻지 않았다 물음이란 본디 목마른 여름날 오후의 햇살들처럼 아무것도 말해주지 않는다는 게 이 별책부록 같은 골목의 불문율이었다 그해 여름 팔려간 여자의 화장대 거울은 땀을 뻘뻘 흘리며 목마른 시인의 가면을 뒤집어쓰고 팔리지 않는 위독한 모국어로 시詩를 쓰고 있었다

하시시

바람이 분다
양귀비가 꽃피는 그녀의 옥탑방
검은 구두를 신은 경찰이 어제, 다녀갔다
하시시 웃고 있는 여자

환각을 체포할 수 있는 영장은?

검은 구두를 신은 경찰이 오늘, 다녀갔다
사랑은 떠나지 않아도 사내는 떠났다
하시시 울고 있는 여자
검은 구두를 신은 경찰이 내일, 다녀간다
하시시 피어오르는 향기

그림자를 체포할 수 있는 영장은?

마리화나 같은 추억
하시시 바람이 분다
아편과 같아 사내는,

중독을 체포할 수 있는 수갑은?

그녀의 옥탑방
하시시
양귀비꽃 붉다

육교

낙타의 쌍혹 같은
사내의 고환을 타고
달도 없는 밤을 건넌다
육교 肉交
새벽은 멀다
수상한 골목
검은 구두 발자국 소리
누군가 지나가고 있다
50촉 백열등 불빛처럼
신음 소리 새어나간다
정작, 불온한 것은
그립다는 것이고
사막이 아름다운 건
흔적을 부정하기 때문이다
이곳은 청량리 588번지
오아시스도 낙타도 없는 사막
새벽은 멀고
육교의 마지막 계단으로 내려와

달을 본다
토끼 눈을 한 사내가
방아를 찧고 있다
뼈를 찧고 있다
여자는 그믐이다

개기월식

사내의 그림자 속에 여자는 서있다 여자의 울음은 누군가의 고독을 적어놓은 파피루스에 덧쓰는 밀서 같은 것이어서 그것이 울음인지 밀서인지 고독인지 피아졸라의 음악처럼 외로운 것인지 산사나무 꽃그늘처럼 슬픈 것인지 아무것도 아닌 것인지 그게 다인지 여자는 눈,코,입이 다 사라진 사내의 그림자 속에서 사과를 베어 먹듯 사랑을 사랑이라고만 말하자, 고 중얼거리며 사내의 눈,코,입을 다 베어 먹고 마침내는 그림자까지 알뜰하게 다 베어 먹고 유쾌하게 사과의 검은 씨를 뱉듯 사내를 뱉는다

혹부리 사내

사내를 처음이자 마지막으로 본 건 157번 버스가 청량리 굴다리를 막 지나갈 때였다 밤새 홍등이 내걸렸던 골목에선 비릿한 사향 냄새 안개처럼 풀려 나오고 그 골목의 꽃들은 흡반처럼 그 안개를 빨아 먹고 흐드러지고 있었다 수상하다면 수상한 날이었지만 수상하지 않은 날이 더 수상한 그 골목에서 그러니까 일상이 수상한 일들로 반복되는 그 골목에서 부리부리한 사내의 출현은 그닥 수상할 것도 없었지만 그 골목의 포주들은 함부로 씨를 뿌리고 가는 사람들에게만 상냥했고 아침의 행인들은 무관심함을 가장했다 그 상냥함과 무관심 사이에서 사내는 어떤 환영처럼 유리벽 속에서 걸어 나왔던 것인데 사내는 왼쪽 볼에 씨방 같은 혹을 달고 부리부리한 눈빛으로 나를 일갈한 뒤 수상하다면 수상한 벽처럼 걸어갔다 사내로부터 환청처럼 어떤 여자의 비명 소리 안개처럼 풀려 나오고 수상하다면 수상하게 그 골목의 꽃들은 환상처럼 혹을 매달기 시작했다

옥탑방

12개의 사다리를 올라가면 녹슨 열쇠 구멍 속에 갇혀있는 옥탑방이 있지 그 방에는 먼지 쌓인 편지들과 당신이 선물한 액자가 있지 액자 속에선 시간을 잃어버린 여자가 삭발을 하고 녹슨 가위는 액자를 오리고 있지 불면을 앓고 있는 컴퓨터는 반송된 e-메일로 용량이 부족하고 커튼도 없는 창문에선 별도 뜨지 않지 물도 주지 않는 선인장은 뿌리가 썩어가고 있지 옥탑방이 울고 있기 때문이지 잃어버린 시간이 울고 있기 때문이지 울고 있는 옥탑방 낡은 침대에선 곰팡이꽃이 피고 포자처럼 무성생식하는 액자 액자들 12개의 사다리를 올라가면 녹슨 열쇠 구멍 속에 갇혀 있는 내가 있지 내 속에는 내가 너무도 많아 분열을 앓고 있는 나는 나를 사랑한 당신을 사랑한 나를 증오하지 증오하는 나를 사랑하는 나는 녹슨 가위를 들고 동맥을 오리지 피 흘리는 나를 안아주는 나는 당신이 선물한 액자 속에 있는 당신이 사랑한 삭발한 여자에게 말해주지 이제 와 생각해보면 그건 사랑도 아니었지 그냥 지상에서 가장 높은 방에 서로를 모셔두는 일이었지 그

래서 당신과 여자는 울지 못하고 옥탑방만 울고 있는
거지

아주 작은 형용사야

나무 난로의 계절이 지나는 동안
여자의 갈비뼈 하나를 꺼내들고
한 사내가 시간을 쪼개고 있다
난로 위엔 시간으로 끓인 주전자가
저 혼자 은밀하게 끓어오르며
노란 잠수정처럼 떠오르고 있다
시간을 쪼개다 지루해진 사내는
여자의 갈비뼈를 시간의 장작더미 위에 던져놓곤
정물처럼 버려져 있는 여자 속으로 들어간다
나 삼류야 양아치야 독 많은 옻나무야
뒷산 올빼미야 (넌) 아주 작은 형용사야
이제 네 갈비뼈는 너무 무뎌졌고
정물 같은 너도 지루해
나무 난로의 계절이 지나는 동안
시간으로 끓인 주전자엔
지루함도 바닥이 난다
여자는 식어버린 나무 난로에 기대
무뎌진 갈비뼈를 들고 밑줄 긋는다

나 아주 작은 형용사야

미리우美里雨

당신의 눈동자 속에는 한 그루의 미루나무가 서있고 미루나무 꼭대기에선 당신의 어머니를 닮은 여자가 용접 불꽃을 떨어뜨리며 구름을 조각하고 있다 용접 불꽃이 떨어진 자리엔 마을의 아기들이 자라는 꽃밭이 있고 꽃밭지기 늙은 장님은 젖동냥을 하러 나가 늪에서 헤매고 있다 꽃밭에선 여덟 번째 여름이 여덟 번째 가을을 막 출산하려 하고 마을의 이장은 새로 태어날 계절을 위해 서낭당에 제를 올리는 중이다 물초롱을 닮은 구름은 곶집 그늘에다 비를 내리고 비는 곶집 그늘을 신고 젖동냥을 나선 장님의 하초를 지나 이장의 초록빛 영농 후계자 모자를 지나 아기들이 자라는 꽃밭을 짓밟은 구둣발 자국에서 잠시 쉬다 비행접시 모양의 구름을 타고 마을을 떠난다 막 태어난 여덟 번째 가을은 꽃밭으로 달려가 8명의 난쟁이들을 바구니에 담고 미루나무 꼭대기의 여자에게로 가 청혼한다 화요일이면서 엄마인 여자는 용접 불꽃을 여덟 번째 가을에게 건네주고 8명의 난쟁이가 든 바구니를 들고 나팔구름 속으로 들어간다 구름 속에선 세상의 ∞

한 아픔을 대신해서 불어주는 8명의 난쟁이들의 나팔 소리가 들리고 화요일이면서 엄마인 여자는 제 살과 피를 짜내 검은 유두빛 약을 달인다 8명의 난쟁이들 중 가장 작은 난쟁이가 약을 가지고 마을에 도착하자 마을의 우물에선 젖이 출렁거리고 꽃밭지기 늙은 장님은 눈을 뜨고 꽃밭을 망쳐놓았던 구둣발 자국에선 다시 꽃이 피고 마을 이장의 오랜 두통거리였던 꽃의 씨들이 탱글탱글 익어간다

비 내리는 아름다운 마을 어귀 서낭당엔 한 그루의 미루나무가 서 있고 미루나무 꼭대기엔 당신의 어머니를 닮은 여자가 조각한 당신의 눈동자가 걸려 있다

마침표

자하문 고개를 넘어갔지요 서쪽 하늘에선 노을이 지고 있었고 나는 세검정洗劍亭에 도착해 왼쪽이 아니라 오른쪽으로 방향을 틀지요 내가 도착해야 하는 곳은 해가 뜨는 곳이고 당신이 도착해야 하는 곳은 해가 지는 곳 해가 뜨는 곳과 해가 지는 곳 사이에 세상의 모든 아침과 저녁이 있지요 사랑은 그렇게 모든 것이죠 그녀가 맨발로 다다르고 싶어 했던 천상의 시간일지도 모르고 그가 가지 않았으나 꿰뚫어 본 0시의 어둠일지도 모르는 채 그것은 그렇게 그냥 이미 내게 도착했거나 영원히 도착하지 않을지도 모르지만요 아프지 말아 내가 원한 건 그게 아녔어라고 말해주기에 나는 당신 때문에 아픈 걸 테지요 이제 마음을 도려낸 칼을 씻고 그렇게 그냥 세검정처럼 시간을 잃어야 할 시간인지도 모르겠습니다 좋은 것도 나쁜 것도 아니지요.

비망록

마침표 같은 눈물이 단 한 방울이라도 바닥에 떨어져 찍히는 날엔 모든 것이 끝이다, 라고 믿는 사내의 가슴속엔 총알이 자동으로 튕겨져 올라오는 말줄임표의 탄창이 있다

올봄엔. 벚꽃이. 피면. 그게 모두. 하나하나의. 마침표처럼. 보일 것 같아. 후두둑. 떨어지는. 마침표 아래서. 나는. 아무도 몰래. 울게 될 것 같아. 그리고는 말간. 얼굴로. 내 몸속에. 나이테 하나를. 더 간직하겠지. 그 속에 앉아. 백 년쯤. 기다리는. 여자가 될 테야. 말줄임표의 탄창을 닦으며.

무섭지?

갈대밭에서 읽다

*

바람이 시냇물을 읽어주면
시냇물은 햇빛을 읽어준다
갈대는 나를 읽어주는가
울면서 웃으면서 붉다
오, 독해서
은밀한 시간을 우리가 오독하고 있다

*

TV를 켜듯 자연을 켜놓았다

노을을 펼쳐놓듯 죽음을 펴놓았다

삶이, 다시 대출되었다

*

갈대밭에서
나 흔들린다
나 오독한다

오! 독한 나

음악처럼, 비처럼

새춘천교회 가는 길 전생처럼 패랭이꽃 피어 있을 때
흩뿌리는 몇 개의 빗방울 당신을 향한 찬송가 같았지
그때 우리에게 허락된 양식은 가난뿐이었지만
가난한 나라의 백성들처럼 가난하기에 더 열심으로
서로가 서로를 향한 찬송가 불렀었지
누구는 그걸 사랑이라고도 부르는 모양이지만
우리는 그걸 음악이라고 불렀지
예배당 앞에 나란히 앉아 기도 대신 서로가 서로에게 담뱃불을 붙여줬던가
그 교회 길 건너편엔 마당에 잡초 무성한 텅 빈 이층 양옥집도 있었던가
그 마당에 우리의 슬픔처럼 무성한 잡초를 모두 뽑고
당신의 눈썹처럼 가지런하게 싸리비질하고 꼭 한 달만 살아보고 싶었던가
햇빛 좋은 날 햅쌀로 풀을 쑤어 문풍지도 바르고 싶

었던가
그렇게 꼭 한 달만 살아보자고 꼬드겨보고 싶었던가
그럴까 봐 당신은 이 생에 나를 술래로 세워놓고 돌아오지 않는 기차를 탔던가
춘천을 떠나는 기차 시간을 기다리다 공지천 '이디오피아' 창가에 앉아
돌아오지 않는 당신의 눈썹에서 주워온 몇 개의 비애를 안주로 비루를 마실 때
막 사랑을 하기 시작한 연인들의 백조는 물 위에서 뒤뚱뒤뚱,
그 뒤뚱뒤뚱거림조차 사랑이라는 걸 이제는 알겠는데
아직도 찬송가처럼 몇 개의 빗방울 흩뿌리고 있었지
누구는 그걸 사랑이라고 부르는 모양이지만
우리는 그걸 음악이라고 불렀었지

2부

시구문屍口門 밖, 봄

몽유병

남종면 향리 느티나무……

……너처럼 깊게 뿌리박고 싶어

……매일 밤 무서운 잠으로부터

맨발로 도망쳐 ……

너를 부둥켜안고

잘못 태어났어

……어났어태 못잘

흐느껴 우는 병 속의 여자

깨지지도 않는 날들이

……악몽처럼 반복되는

일상의 감옥에서

슬프게 그러나 곱게 미친,

……그 여자

어둔 잠 속 나를 위해

매일 밤 느티나무 네 잎의 숨결을……

훔치러 가던 그 여자

어느 날 성난 사내가 안에서 지른 빗장으로

그 여자 영영 돌아가버리고……

그 여자가 전해주던 네 잎의 숨결

…… 받지 못하는 내 꿈은

꽃병에 담긴 물처럼

…… 썩어가고 있어

나 몽유병에 꽂혀 죽어가고 있어 잘…

잘못…태…태어나…난 게 아…아니라

잘…잘못…꿈…꿈꾼 건가 봐!

작고 즐거운 주전자들

음악이 담겨 있어요 당신은 막 1루를 지나고 2루를 지나고 3루를 지나 홈으로 들어와요 멀리 담장 밖으로 날아간 야구공은 당신의 슬픔쯤이라고 해둘게요 얼른 안경을 닦고 당신 멋대로 사세요 음악은 당신의 야구 방망이 어떤 여자가 음악처럼 당신을 즐겁게 할 수 있나요 그러니 겁 없는 아이처럼 사세요 당신의 슬픔은 담장 밖으로 날아간 야구공 뭐가 더 불필요하겠어요 당신의 작고 즐거운 주전자는 당신의 1루와 2루 사이를 2루와 3루 사이를 3루와 홈 사이를 다이아몬드를 깎듯이 세심하게 세공하는 여자 멀리 담장 밖으로 날아간 야구공의 터진 실밥 같은 여자 타율도 방어율도 게임의 법칙도 모르는 여자 9회 말 대역전 같은 건 꿈도 꾸지 않는 여자 그러니 얼른 안경을 닦고 당신 멋대로 사세요 다이아몬드 구장 귀퉁이에 버려진 작고 즐거운 주전자들 마이너리거들 당신을 위해 제 뼈로 당신의 진로를 그리는 여자들 따위는 얼른 대타를 기용하듯 작고 즐거운 주전자들로 대치하고 당신은 메이저리거처럼 얼른 안경을 닦고 당신 멋대로 사세요 음악

이 담긴 작고 즐거운 주전자가 시속 161km로 당신의
심장에 꽂히기 전에

해피 투게더

도둑처럼 사내의 입술이
사내의 입술을 훔쳐 달아날 때
달맞이꽃은 달을
붕어빵은 붕어를
불새는 불을
칼국수는 칼을 집어삼킨다
하하 해피 투게더

창녀처럼 그녀의 입술이
그녀의 젖꽃판을 깨물 때
구멍은 구멍을
편견은 편견을
폭력은 폭력을
아버지는 아버지를 버린다
하하 해피 투게더

해피?
투게더?

그녀와 그는 잠깐 행복하고 오래도록 함께 불행했다 그래도 그들은 그게 사랑이라고 믿는 눈치였다 그녀와 그는 도둑과 창녀 나의 엄마와 아버지 "여기에 너의 슬픔을 녹음해, 세상 끝에 묻어줄게"* 내 영혼의 울림통은 매일매일 들이닥치는 불행을 하나도 빠뜨리지 않고 녹음했지만 세상 끝에는 가고 싶지 않았다 나의 매일매일은 언제나 세상 끝에서 시작되었으므로 나는 오래도록 불행과 함께 행복했다 하하 해피 투게더!

* 왕가위 감독 영화 〈해피 투게더〉 중에서.

고장 난 심장

빨간 장미 서른세 송이를 들고 여자가 나를 찾아왔어요 여자의 눈물이 너무 딱딱해 나는 캐낸 눈물로 당신의 심장을 끓이면 좋겠다 생각해요 모래시계를 들고 찾아온 죽음은 백 년 동안의 고독이 매장되어 있는 화장터에서 활활 타오르고 모래시계에선 시간이 자꾸 흘러내려요 흘러내리는 시간을 가시로 꽂아놓으며 여자는 중얼거려요 막장에서 석탄을 캐내던 내 아버지의 분노는 어디로 갔나요? 그 여름 국립의료원 중환자실에서 끝내 시간을 놓아버린 내 엄마는요? 어디까지가 바닥인가요? 왜 생生은 고장투성이인가요? 당신, 생은 다 그런 거라고 눙치지 말아요 시시해요 시詩까지 시시해요 시체처럼 평온했음 좋겠어요 내 영정사진 앞에서 향나무 향이나 실컷 마시다 배불렀음 좋겠어요 불도 들어오지 않는 다다미방에서 돌아오지 않는 식구들을 기다리다 보면 애국가 울려 퍼지는 화면 조정 시간이에요 치지지지 아무것도 수신되지 않던 자정의 TV 화면을 나의 내면이라고 부를까요? 시간은 아무것도 해결해 주지 않을 테지만 그곳으로 나를 데려다주

겠지요? 그때서야 고장 난 심장은 두근두근 따끈따끈 치지지지 나는 나를 시작할 수 있을까요? 빨간 장미 서른세 송이를 들고 내 여자가 오늘 나를 찾아왔어요 그게 사랑이었다 해도 무슨 상관이에요 내 여자의 눈물은 딱딱하고 내가 캐낸 눈물은, 당신은, 시체처럼 차가워요 시체처럼 딱딱해요 생이 고장 난 심장 같다는 건 하나의 농담이지만요

단풍나무 고양이

1

장마전선이 북상하는 중이었다
우산도 없이 학교에 간 아이가
어린 고양이를 안고 돌아왔다
며칠 밤 내내 울음을 쏟아놓던 고양이
탈수증 환자처럼 털빛은 사그라지고
눈동자엔 눈곱처럼 죽음이 붙어 있다
동물병원 늙은 수의사는 청진기도 대보지 않고
함부로 가망이 없다 했다

2

묘지를 찾아가고 있었다
죽은 고양이와 함께
종착역에서 종착역으로
요령부득 구겨진 구두코만 바라보며 흔들리고 있었다
흔들리는 모든 것들이 삶이고 죽음이라고
죽은 고양이가 담긴 상자 속에서

나를 지나 저 생으로 건너가는 냄새
너는 왜 내게로 와서 목숨을 끊었니
나는 신부도 아닌데
희생양이 아닌 희생 고양이
세상에서 가장 큰 보시는 육보시라고
부처라는 사내가 말했다지

3

단풍전선이 남향하는 중이었다
일기예보에선 어떤 삶과 죽음도 예보되지 않았지만
단풍나무를 물들인 어린 고양이의 목숨
온 천지간天地間을 울긋불긋 물들이며 활활 번져가고 있었다
오드 아이를 가진 고양이 눈동자처럼 가을이 깊었다

열려라 참깨!

이슬람의 세계에서는 '밤 속의 밤'이라 불리는 어떤 밤이 있다.

그날 밤은 하늘의 비밀 문이 열리고, 물병 속의 물이 달콤해진다고 한다.

그런 밤에 나는 비밀을 받아 적는 시인, 쑥쑥 자라는 뿔,

알리바바와 40인의 도둑이 신비한 모래의 춤 속으로 달려가고, 신데렐라가 마차로 변한 호박을 타고 파티장에 가고, 엘리스가 회중시계를 꺼내 보는 토끼를 따라 이상한 나라로 여행을 하는 마술 같은 시간.

열려라 참깨!

그 세계에선 서류를 작성해야 하는 일들이나 인생을 망치는 일 따위는 일어나지 않고,

나는 호모 루덴스, 방황하는 자, 눈으로 만든 사람.

빗자루로 만든 두 팔을 들고 꿈꾸는 몽상가,

열려라 참깨!

비밀의 문은 열리고, 나는 백 년 전에 태어난 시인과 수은이 벗겨진 거울 속으로 여행을 가고, 세헤라자데가 되어 아내에게 배신당한 슬픈 왕을 위로하고, 알라딘의 램프의 요정 지니와 같이 사막을 아쿠아 마린빛 바다로 만들고,

열려라 참깨!

나는 물병 속의 달콤한 물을 마시고 노래를 부르는 어린 당나귀, 당나귀의 노래를 꽃으로 만드는 마녀, 마녀의 고독을 시로 적어주는 검은 고양이, 고양이에게 물방울을 선물하는 생쥐, 쥐구멍에도 햇빛을 선물하는 두 개의 태양, 사다리를 타고 태양을 청소하러 가는 청소부,

열려라 참깨!

나의 시는 굳게 닫힌 문 앞에서 물병 속의 물이 달콤해지기를 기원하는 주문

열려라 시詩
얍!

언어물회

말린 물고기만 씹으며 겨울을 난 사내가
물고기를 물에 말아 알뜰하게 소주 한 병을 비우고 있다
사랑할 때 애인의 몸을 뜯어 먹는 여자처럼

시든 언어만 씹으며 늙어가는 여자가
언어를 언어로 꿰어 멸망한 부족의 목걸이를 만들고 있다
죽을 때 스스로의 몸을 깊은 숲에 두는 족장처럼

사위어가는 것들의 모든 우울함으로 꽃은 피고
우울한 물고기의 이름은 우울한 물고기다
그것이 한계다

한계와 임계 사이에 언어가 있다
언어는 우울한 물고기 이름이다
이를테면 제대로 실패한 자만이 실패를 싱싱하게 맛볼 수 있다

오후 세 시

시간을 오려내는 거예요
오후 세 시는 권태롭다면서요?

스케치북 안에서 아버지는 외눈박이 거인이에요
엄마가 물을 주고 있는 꽃밭엔
갈라진 혓바닥 같은 꽃들이 다투어 피고 있어요
사립문으로 구렁이가 들어와요
쉬, 쉭, 쉬이익
놀란 계집아이가 울음을 터트려요
목젖이 보이는 불안이 솥으로 뛰어들어요
뱀 껍질, 눈알, 크레용, 불안을 섞은
검은 솥이 통째로 끓어요
어디선가 비릿한 냄새가 스며들어요
문밖에서 흔들리는 종소리가 주문 같아요
외눈박이 거인이 팔팔 끓는 솥을
계집아이 머릿속에 쏟아부어요
아이의 하얀 원피스가 피로 물들어요
그러자 스케치북 안에선

구렁이를 탄 계집아이가
오후 세 시로 날아가요!

대낮의 부림나이트로 오실래요?

장바구니를 들고 와도 좋아요 입장료 3천 원만 내시면 검은 커튼이 쳐진 카운터에서 웨이터 클놈을 찾으세요 시장바구니에 담긴 생선처럼 한물간 스타들도 있어요 조용팔과 너훈아 패쓰김이 보이지요? 왕년의 스타들 노래를 들으며 휙휙 돌아버린 세상 우리도 빙빙 돌아봐요 파트너가 없으시다구요? 정육점 불빛 같은 조명 아래 남자들을 못 보셨군요? 거기 전깃줄의 제비처럼 양복을 빼입은 남자들이 총총히 앉아 있잖아요? 그들 모두 저격수를 기다리는 제비들이죠 장바구니에 담아온 장총을 꺼내세요 그리고 마음에 드는 제비를 향해 방아쇠를 당겨요 총알이 빗나가도 제비는 영락없이 당신에게 사로잡힐 테니 걱정 같은 건 붙들어 매세요 이제 준비가 되셨나요? 아이들은 학교에서 학원으로 갈 테고 남편은 부림장에서 열심히 땀 흘리고 있을 테니 안심하세요 그럼 시작할까요? 간드러지게 꺾이는 트로트에 맞춰 비듬 낀 일상을 털어버리세요 부림 나이트가 왜 부림나이튼지 아세요 사모님? 반찬 걱정 돈 걱정 오만 걱정 다 잊어버리고 신나게 몸부림치는 곳이라서 '부림나이트'죠 '몸부림나이트'는 좀 저급하잖아요 우리 고급스럽게 (몸)부림復臨 쳐봐요 한물간 삶도 살아 있는 것처럼 느껴지신다구요? 그럼 내일도 대낮의 부림나이트로 오실래요? 싸모님!

빗살무늬토기

#1

2층 통유리 찻집 '파우'

여자는 사선으로 쓰러지는 비를 바라본다

#2

너른 운동장 너머 먼 숲이

공을 차다 돌아가는 아이들의 얼굴처럼 푸르다

살아 있는 것들의 환한 소란스러움!

#3

비가 성큼 다가선다

비파琵琶다

묵은 슬픔이 활 위에서 아슬아슬하다

#4

'파우' 창밖

흙탕물 웅덩이

노란 비옷의 사내가

파란 자전거를 타고 지나간다
자전거 바퀴살에 낀 빗살이
자막처럼 튀어 오른다
빗살이 여자의 가슴을 찌른다
사내는 돌아오지 않는다

#5

'파우' 는 무덤 속
아니,
나의 전생 같다

#0

여자는
발굴되지 못한
빗살무늬토기다

실패라는 실패

퇴근길 청량리 종점행 지하철에서
발음이 뭉개진 어떤 사내
바늘이 들어있는 실패를 불쑥 들이민다
사내는 자신의 발음처럼 뭉개진 다섯 개의 손가락을 가졌다
천 원짜리 한 장을 지불하고 산 실패
어쩌면 사내는 실패가 아니라
자신의 뭉개진 생生을 팔고 싶었을지도 모른다고,
사창가를 지나며 중얼거린다
통유리창 마네킹 같은 어린 창녀 아이
몇 개의 실패를 팔고 싶으세요?
저는 대충 빨리 늙어도 괜찮거든요,
하는 얼굴로 내 손안에 있는 실패를 본다
너는 내 실패도 받아주고 싶은 거니? 어째서?
패를 잘못 뽑아든 어린 창녀 아이와
홍등 아래 마주 보고 서서 서로의 실패를 감아준다
실패엔 나와 발음이 뭉개진 사내와 어린 창녀 아이의
엉킨 실타래 같은 꿈이 감긴다

색색깔의 실패!

사내는 뭉개진 다섯 개의 손가락으로 실패를 팔고

어린 창녀 아이는 바늘을 집어삼킨 얼굴로 실패를 살고

나는 곰곰이 실패라는 실패를 바느질한다

식사食死하세요

저는 성냥공장에 다녀요
그렇다고 제가 성냥팔이 소녀처럼 고아는 아니에요
제겐 부양해야 할 계부와 엄마도 있는걸요
저는 매일 공장에서 돌아와
계부와 엄마를 위한 식탁을 차려요
오늘은 제 생일이에요
엄마는 매번 똑같은 동화책을 선물해요
그렇지만 괜찮아요
가난이 죄는 아니니까요
그러나 조금 쓸쓸하긴 해요
계부와 엄마만 마시는 술을 사기 위한 돈을
조금만 아껴줬다면 어땠을까요
일 년에 겨우 한 번 있는 생일인데 말예요
그래도 괜찮아요
저는 가끔 댄스홀에도 가는걸요
그렇지만 아무도 내게 손을 내밀어주지 않네요
저는 춤을 추고 싶은데 말예요
가끔 저는 방화범을 꿈꿔요

세상을 확 불 질러버리고 싶은 걸까요

저는 불을 훔친 코카서스의 사내도 아닌데요

제 간땡이가 부은 걸까요

오늘은 성냥공장에서 돌아와

아주 특별한 식탁을 차렸어요

맛있게 드셔주세요

* 아키 카우리스마키의 영화 〈성냥공장 소녀〉를 보고.

그 후로 사슴들은 그를 매우 사랑했네

누가 허공에 줄을 매어놓았나
바퀴도 없이 구르는 저 상자
오늘이 성탄전야인지도 모르고 허공에 목을 맨
바퀴도 없이 구르는 저 상자를 타고
누가 네온사인 휘황찬란한 남산 타워로 가는가
성냥팔이 소녀? 장발장?
2003년 12월 지상은 안개 정국
허공에 목을 매고
바퀴도 없이 구르는 상자는
루돌프도 없고 산타도 없는 썰매
누가 지상에 안개를 발포해 놓았나
서울역 쪽방촌 골목
술병을 안고 쓰러진 노숙자의
얼어붙은 빨간 코
그는 세상을 구원하러 온다는 사내를 만나지도 못하고
빨간 코 루돌프가 되어
허공에 목을 매고

바퀴도 없이 구르는 썰매 가득
지상의 검은 안개를 싣고
성탄전야, 이 별의 가장 높은 굴뚝으로 갔다
그 후로 사슴들은 그를 매우 사랑한다 했다

카만카차*

안개를 달여드려요
칠레행 비행기를 타고 목요일에서 수요일로 날아오세요
망명정부의 소설가처럼 수염을 길러도 좋아요
이곳은, 지도엔 없는 마을 '카만카차'
안개광장을 가로질러 가스등이 켜진 골목
카페 '세상 끝 등대'로 오세요
연애소설 읽는 노인과 패튼 장군 세풀베다가
열대의 안개를 마시며
감상적 킬러의 고백을 듣고 있는
바로 그 집이에요
자, 서둘러요
이곳은 안개의 마을 카만카차
안개로 차를 달이고
안개로 빨래를 하고
안개로 홰나무를 기르는 마을
카만카차에선 가이드북 같은 건 필요 없어요
안개 때문이죠

삶이 홰나무 구멍 속으로 들어가 꾸는 한 장의 꿈이라면

안개를 달인 한 잔의 차가 삶이기도 하죠

어디선가 자정을 알리는 시계 소리가 들려요

목요일이에요

다음 비행기는

짙은 안개 때문에 결항이에요

* 칠레의 어떤 마을에선 안개를 '카만카차'라고 부른다.

나 VS 잣나무

섹스로도 도道를 통할 수 있다고,
사내를 후려놓고
오늘도 나는 돌나무이다

도란
도란
뜰 앞의 잣나무!

사내는 언제까지 속아줄 것인가

죽염 일을 나갔던 사내가
귀신사 스님 선문답을 들고 돌아와
이게 뭐꼬?
— 주인공아, 잘 있느냐
— 잘 있다
— 눈 부릅뜨고 있느냐
— 그래
— 늘 속지 마라

— 속지 않겠다
할喝![*]

죽비를 맞고
사내를 따라가는 그림자
잣나무 밑을 도란도란 지나간다

* —부분은 선암 선사의 선문답.

가령

1

케이블티비에서 일 년 전에 죽은 사내가
죽음의 미학에 대해 이야기하고 있다
사내의 전생前生이었다

2

가령 당신이 수원에서 기차를 탔다고 합시다
가야 할 곳은 시원이라고 합시다
당신은 까무룩히 졸았다고 합시다
당신의 꿈속에선 비가 내렸다고 합시다
빗속을 달려오는 회색빛 자동차도 있었다고 합시다
그래도 당신이 가야 할 곳은 시원이라는 걸 잊지 않았다고 합시다
그러나 눈을 떠보니 수원이라고 합시다
그렇다면 당신은 떠났던 것일까요?
떠나지 않았던 것일까요?
시원始原, 시원은 오직 당신의 꿈속에만 있다는 걸
가령街靈, 당신이 믿는다면

나는 당신의 전생을 듣고
당신의 꿈속에 도착할 수 있겠습니다

3

케이블티비에서 일 년 전에 죽은 사내가
죽음의 미학에 대해 이야기하고 있다
사내의 후생後生이었다

총잡이들의 세계사

세상은 흙먼지 날리는 무법천지의 서부와도 같다고 아이가 말했을 때 나는 지붕 위에 올라앉아 있는 마네킹을 보고 있었다 어쩌면 그건 아이의 염색한 머리 색깔과 마네킹의 머리 색깔이 같아서였는지도 모른다 피나 콜라다빛 머리 색깔, 이방인처럼 낯선 아이의 말풍선 속에서는 욜라 짱나 담탱이 같은 해체된 모국어가 쉴 새 없이 튀어나오고 구겨진 교복엔 기름때가 얼룩져 있다 지구의 반대편에선 검은 오일 때문에 유혈전쟁이 한창이지만 검은 오일이 장전된 총을 들고 짙은 선탠이 된 자동차 뒤꽁무니를 향해 방아쇠를 당기는 아이의 총에선 불꽃이 일지 않는다 선탠이 된 차창이 스르르 열리고 가발 쓴 대머리 아저씨가 골드카드에 사인을 할 때 아이는 서부의 총잡이 존 웨인이 되어 자동차 조수석 짙은 화장을 하고 마네킹처럼 앉아 있는 제 또래의 여자아이를 구출하는 상상을 한다 다행히 그건 이 도시에서 무시로 일어나는 일이어서 아이는 제 총을 가발 쓴 대머리 아저씨의 머리통에 들이밀지 않고 만국기가 펄럭이는 주유소 앞 바보 같은 허풍

선이 거인 풍선 인형만 펄럭펄럭 춤을 추고 있다

시구문屍口門 밖, 봄

착란에 휩싸인 봄이 그리워요, 비애도 회한도 없는 얼굴로 당신들은 너무나 말짱하잖아요, 착란이 나를 엎질러요, 엎질러진 나는 반성할까 뻔뻔할까, 나의 죄는 가난도 가면도 아니에요, 파란 아침이고 시구문 밖으로 나가면 끝날 이 고통도 아직은 내 거예요 친절하지 않을래요 종합선물세트처럼 주어지는 생을 사는 건 당신들이지 나는 아니에요, 나는 착란의 운명을 타고난 빛나지 않는 별, 빛나는 별도 언젠가는 늙고 죽어요 우리 모두는 그런 운명을 갖고 태어나지만 영원을 살 것처럼 착란 속에서 살며 비애도 회한도 모르는 얼굴로 우리들은 너무나 말짱해요 착란에 휩싸인 봄이에요, 사랑받을 수 있다면 조국을 배신하겠어요, 친구도 부정할 거예요, 전 세계가 어떻게 되든 내 알 바가 아니죠, 에디트 피아프의 말이지만 그녀는 조국을 배신하지도 친구를 부정하지도 않았어요 같은 이유로 나는 착란에 휩싸여요 죽은 사람들만 불러모아 사망자 주식회사를 만들고 영원히 죽고 싶은 나는. 시구문 밖, 봄 활짝 핀 착란이 그리워요,

3부

여행 온 아이가
여행 온 아이에게

연못

I

바쇼의

오래된 연못

개구리 한 마리

퐁당!

II

퐁당퐁당

나를 던지자

바쇼 몰래

나를 던지자

연못아! 퍼져라

멀리멀리 퍼져라

건너편에 앉아서

하이쿠를 읊는

우리 바쇼 손등을

간질어주어라

Ⅲ

사슬을

끊고

나를 던져

그,대,로

늪

Ⅳ

사바의

인연의 늪

개구리 한 마리

아으!

사티와

겨울이 온다
언덕 아래 포도밭 야윈 햇살이 바람에 쫓기고 있다
아까부터 사내는 열심히 뻴셈의 미학을 가르치고 있다
'물음을 던지듯이'사내는
가난하지만 순수한 그의 삶을 음악으로 남기고
붉은 포도주 향처럼 깊고 은은한데
수은이 벗겨진 거울과 840권의 썩어가는 책들이 전부인 옥탑방에서
나는 840번 되풀이해 벡사시옹*만을 연주하고 있다
사내가 가르쳐준 뻴셈을 도통 알아들을 수 없다는 투로
'농담을 던지듯이' 삶이 그런 거냐고
거울 속 여자를 흘끔거린다
여자는 수잔 발라동**처럼 분방하게 웃기만 한다
어디선가 검은 고양이 한 마리 울고 있다

고양이 눈을 닮은 신비한 소리가 내 몸속으로 눈처럼 쌓인다
나는 커다란 울음통이 되어 고독하다
'이것을 840번 되풀이 연주할 것'
사내의 암호 같은 지시문을 따라 겨울이 반복되고 있다

* Vexations(벡사시옹) : 울화, 짜증, 굴욕감, 고뇌 등의 뜻으로 사티가 작곡한 곡명.

** 사티의 연인이었던 화가.

timeless time

한국 담배인삼공사는 7월 1일부터 신제품 'timeless time'(무한한 시간)을 전국 동시 판매에 들어간다. 'timeless time' 담배는 향이 풍부하게 발현되도록 상위 등급의 황색종 담배를 주원료로 사용했으며, 쓴맛을 없애기 위해 순잎살만을 사용한 것이 특징이다. 디자인은 고급스러운 진주빛 바탕으로 충분한 여백을 살리면서 흑색 글자를 사용해 전체적인 편안함을 주고 있다. 필터는 탄소 복합 필터로 타르 7mg/cog, 니코틴 0.7mg/cig에 길이 84mm이며, 가격은 1천4백 원이다. 출처 : 2000년 6월 30일 306호 동부신문

8번째 time을 빨고 있다
사내는 도착하지 않는다
턴테이블에선 사티의 짐노페디 8번이 반복되고 있다
여자는 무가당 담배 클럽 동인 앞으로 보낼 밀서를 집어든다
통유리 창밖엔 8번째 계절이 막 도착하고
진주빛 구름 속에선 출처를 알 수 없는 리볼버 권총이 불시착한다

비행접시 모양의 재떨이엔 샤넬 No. 8 루즈 묻은
필터가 time의 찌꺼기와 함께 담겨 있다
사내는 도착하지 않는다
계산대에선 주인이 죽어버린 시계의 건전지를 갈아
끼우고 있다
여자의 표정 84mm가 사라지고 있다
주인이 여자에게 걸어와 살아난 시계를 가리킨다
여자는 밀서를 건네받을 사내가 도착하지 않았다고
1천4백 원어치만큼의 시간을 살 수 없겠냐고 묻는다
주인은 바쁠 일 따위는 없지만
이미 사내는 다른 시간 속으로 떠나버렸을지도 모
르는 일이라고
여자의 귀에 대고 속삭인다
당신은 시간을 도둑맞은 여자라고……

러시안룰렛

시간은 낙타 대상들과 함께 사막에서부터 느리게 오는 것이며,
영원을 운반하고 있기 때문에 바쁠 일이 없다고 했다. ……
시간에 관해 내 생각을 굳이 말하자면 이렇다.
시간을 찾으려면 시간을 도둑맞은 쪽이 아니라
도둑질한 쪽에서 찾아야 할 것이다.
– 에밀 아자르

살해된 시간을 들고 한 여자가 도착한다
여자의 트렁크는 모래 먼지를 뒤집어쓰고 있다
모자엔 깃털이 꽂혀 있고 낙타 대상들은 아직 도착하지 않았다
여자는 모자를 벗고 차도르를 쓴다 구두를 벗는다
낙타의 발굽처럼 딱딱하게 굳어진 발을
사막 속에 묻고 시간 따위는 아랑곳없이
여자는 늙어버린다

도둑맞은 시간을 찾아 한 사내가 도착한다

사내의 리볼버 권총이 솜사탕처럼 녹아내리고 있다

서둘러 방아쇠를 당기자 꽃이 피고 낙타 대상들은 아직 떠나지 않았다

사내는 꽃을 밀서처럼 늙은 여자에게 건넨다

여자가 바쁠 일이 없는 사람처럼 방아쇠를 당긴다

빙고! 시간의 파편이 사내에게 꽂힌다

영원처럼 아찔한 현기증에 사로잡힌 사내가

사막 한가운데 쓰러진다

다시, 늙은 여자는 회전식 권총에 총알을 장전한다

총알엔 이렇게 새겨져 있다

timeless time

환을 연주하다

순환선 환승역에 내려 그 집 앞까지 갔습니다. 작정을 하고 간 건 아니었습니다. 불 켜진 창 차가운 불빛이 바람 부는 섬의 늙은 등대 같았습니다. 나는 길을 잃고 헤매던 조각배인 듯 불빛 속에서 떠오르는 환을 봅니다. 그 섬엔 바흐의 〈G선상의 아리아〉를 듣는 사내가 얼마 남지 않은 생을 오선지에 그리고 있습니다. 그 오선지에는 인중 위에 까만 점이 있는 여자의 하시시한 치마처럼 마디에서 마디로 건너가는 검은 음표의 선율이 피아니시모로 춤을 춥니다. 사내는 여자에게 아무런 약속도 하지 않습니다. 사내가 들려주는 아리아에 발목을 붙잡힌 건 여자입니다. 여자는 G선으로 사내의 얼마 남지 않은 생의 마디를 잇고 싶어 춤을 춥니다. 그 춤은 고요해 고행의 춤 같습니다. 창문에서 쏟아진 불빛으로 여자의 실루엣이 바이올린 같습니다. 여자는 그 집 앞에서 가장 낮은 현으로 오래도록 울고 있습니다. 눈이 내립니다. 여자의 울음이 꽁꽁 얼어붙습니다. 아리아가 끝나고 여자는 하얀 눈사람으로 생을 마감합니다. 남자도 캄캄합니다.

나는 환승역으로 돌아와 시간을 바꾸어 탑니다.

안개 유원지

모닥불이 톡, 톡 타오르고 있었다 강물 위로
네온사인 휘황한 유원지가 부표처럼 떠 있다
여름 치마를 입은 계집아이는
새파랗게 질린 제 발목에 열중하고 있다
아스날 10개를 씹어 먹고도 피 한 방울 안 흘리는 노는 년이 돼야지
사내가 눈이 퉁퉁 부은 여자의 잔에 술을 가득 따라주며 말한다
눈이 퉁퉁 부은 여자는 대답 대신 시리게 찬 맥주만 단숨에 들이켠다
여름 치마를 입은 계집아이가 방백을 하듯 중얼거린다
아저씨 대사는 삼류 연극 속 깡패 대사 같아요
언니는 그런 말에 감동이나 하고 멍청하게
지루해진 계집아이가 모닥불을 쑤석거리기 시작한다
사내는 여자의 비어 있는 술잔에 거품만 가득 따라준다

거품 속으로 여자의 눈물이 한 방울 똑 떨어진다
유원지에 버려진 여자 말예요 트렁크에서 발견된,
이곳에선 살해되는 일마저 오락 같았을까요
호반 위로 밤안개가 짙게 깔리기 시작한다
안개는 부표처럼 떠 있는 유원지를 삼켜버리고
계집아이의 발목을 지나 여름 치마 가득 안개꽃을 수놓는다
사내가 뿔테 안경을 벗어 흐려진 안경알을 닦고 있다
유원지의 겨울밤이 맛없는 인생처럼 타들어가고 있다
똑똑 누군가 면도칼을 꼭꼭 씹고 있었다

그렇다면 시인,

드래곤라자 홈피에 올라온 글..-_-;;

과자 회사에 사기 당했소, 소송을 준비할 참이오.

맛동산을 먹었는데도 아무도 즐거운 파티를 해주지 않소.

게다가 새우깡을 먹었는데 자꾸만 손이 가질 않으니 이 어찌된 일이오?

또한 미국 켈로그 회사를 보면 켈로그 먹어도 호랑이 기운이 솟아나질 않소.

이에 난 소송을 준비할 참이오.

오늘 기분 참 아햏햏하오……

리플이 압권임-_-;

絶遇 (2002-08-21 13:40:39)

코코볼 먹으면 오버헤드킥을 할수 있다 하오

드셔보시오

ㅎㅌㅎ)/햏햏 (2002-08-21 13:41:26)

아햏햏 하시겠구려…… 나도 큰사발먹고 큰사람이

안 되어서 걱정이오……

북치는소년 (2002-08-21 13:43:02)

빙하시대 던져도 안얼더이다

하나둘씩 (2002-08-21 14:14:24)

맛동산빼고 다 불량이오..

헹자는 맛동산 먹었더니 여친이 파티해주누만…….

김또깡 (2002-08-21 14:51:11)

그렇소 피씨방에서 포테토칩먹으면 아행행한 주인 아저씨가 마우스에 기름묻히지 말라 고 나를 전신압박 하였소

아행행 (2002-08-21 15:22:25)

에센이 손에 묻지안코, 센스가 있다구 하더니

추하게먹어서 망신망 당해쏘이다.

나도 같이 소송을 합시다

익행자 (2002-08-21 15:34:10)

고래밥을 먹으면 고래가 나타난다고 해서 2개나 먹었소만.. 고래는 나타나지 않았소.

어린 마음에 아주 충격을 받았소~~!!

拙拙?nbsp(2002-08-21 16:06:09)

롯데리아 크랩버거 cf가 가장 정직한것 같소

게가 맛있다는 정의를 내려주지 않고 '늬들이 게맛을 아냐?'고 소비자의 의견을 묻고 있지 않소?

상줘야 하오…… 신구행자와 더불어……

해탈한인간 [2002/08/25] : :

kfc먹었는데 켄터키 할아버지가 않웃어 주었소..나도 소송합시다!(과잔 아니지만..)

나그네 [2002/08/26] : :

결국 과대광고의 자업자득이오

푸딩or멍멍이 [2002/08/26] : :

과잔 아니지만 너구리 우동을 빡스로 먹어도 너구리가 몰리질 안았소

그리고 하이라이트

김태균 [2002/08/27] : :

큰일이오!!! 엄마가 나와 같이 하이마트를 가자하오..

어찌 받아들여야 하는거요?

그렇다면 시인,

집도 절도 없는 마음 불 꺼도 설움은 꺼지지 않터이다.*

그렇다면 시인,

빌어먹을 슬픔의 삼투압은 발광의 광합성과 어떤 관계가 있단 말이오.**

그렇다면 시인,

문밖이 곧 저승이라고 하더니, 왜 나는 문 안쪽에서도 관에 누워 있는 것 같단 말이오. ***

그렇다면 시인,

당신들도 소송에서 자유로울 수는 없지 않겠소.

그러나 아무도 시인은 소송하려 들지 않으니

그들도 벌써부터 시인들에겐 소송을 걸 가치가 없다는 걸 눈치챘으니

시인은 자유롭소

오오, 곰곰 생각해봐도 목이 메는 그'자유'
그런데 자유로엔 자유가 없지 않소?
그렇다면 시인,
우리도 시시시한 시인 사표 내고 국가를 상대로 소송을 준비하면 어떻겠소?
그런데 시인은 사표를 낼 때가 없다는 걸 깜빡했구려
아무도 시인是認하지 않는 세상
그렇다면 시인
아햏햏

* 최갑수의 시 「밀물여인숙 1」에서.

** 진수미의 시 「주사위놀이」에서.

***김종훈의 시 「환첩幻帖 - 이끼」에서.

나무가 있는 요일

목요일의 아이는 길을 떠나고
비가 온다 투명한 벽 꽂피는 유
리 목요일의 아이는 길을 떠나
고 비가 온다 일렁이는 검은 강
은 바람의 일기장 자신조차 모
르는 가면의 가면 목요일의 아
이는 길을 떠나고 비가 온다 헤
매는 자의 영혼 나무의 뺏속에
꽂힌다 목요일의 아이는 길을
떠나고, 길을 떠나고 저 혼자
남아 쓰러지는 빗살 꽂으며 떨
고 있는 한 그루 미루나무 강은
일렁이거나 다만, 고요할 뿐인
데 목요일의 아이는 길을 떠나
고……

콜라주 몽夢

1

작은 새 장독대에 날아와
네 말은 다 거짓말
네 말은 다 거짓말하고
즐겁고 발랄하게 울고 간 뒤
스티로폼 꽃밭엔 도라지꽃 피었습니다
묘비명처럼 피었습니다
"나는 아무것도 기다리지 않으며
나는 무엇에서도 도망가지 않는
나는 까다로운 사람!"

2

꿈을 꾸었는데 1에서 즐겁고 발랄하게 울고 간 작은 새가
미루나무 옹이에다 장님의 말을 콕콕 찍고 있었습니다
"나는 이제 어둠이 어떤 것인지 알겠다.
그대가 내 몸을 더 이상 건드리지 않을 때 그것이 어

둠이구나."

3

꿈속에서 나는 꿈 사냥꾼이었는데
1 작은 새와 2 장님은 나를 꿈꾸고 있었습니다
내가 두려운 것은
"우리 모두가 우리 자신의 그림자 속에 심겨진 나무라는 사실"

1 – 니코스 카잔차키스
2 – 미셸 투르니에
3 – 카자르 사전

목숨시 전농스트리트

네가 이 거리로 도착하던 날은 네가 빠뜨린 눈물 하나 목련꽃으로 피는 봄밤이었지 우리가 모두 한 개의 작은 슬픔의 꽃씨였던 때가 그리 오래된 일은 아니었는데 너는 시구문屍口門 밖을 다녀온 사람의 낯빛을 하고선 손을 내밀었지 낮 동안 모니터를 닦다 돌아온 내 지친 손이 네 손을 잡을 때 목숨은 아직 뜨거움이어서 네 손과 내 손이 따뜻해졌지 3월인데 우린 아프고 가엾은 영혼이었지 3월인데 알프라졸람과 폭설 속에서 우린 술을 마셨지 식어버린 닭도리탕을 다시 데우고 데우면서 술과 병을 나누어 마셨지 나누어 마신 술병들 새로 비탈에 선 느티나무 같아서 뿌리를 뻗어 목,숨, 목,숨, 시인아 시인아 숨 쉬러 가자 발작할 것 같았지만 같은 해에 등단한 우리의 발이 디디고 있던 목숨시 전농스트리트 네가 빠뜨린 눈물 하나 목숨 꽃으로 피던, 봄이고 밤이었던 봄밤을 기억해다오 오오 목숨!

함부로

햇살이 내리꽂히는
한낮의 논
피를 뽑으러 들어간 아버지 종아리에서
피를 빨고 있는 거머리

피를 뽑기 위해 피를 빨리는 무서운 생업!

아비 없는 자식이 아버지가 된 세월……

함부로
돌아와
거머리에게
피를 빨리며
산다는 게 피 흘리는 일임을
너무도 일찍,
알아차린
아버지

기차표 운동화

원주시민회관서 은행원에게
시집가던 날 언니는
스무 해 정성스레 가꾸던 뒤란 꽃밭의
다알리아처럼 눈이 부시게 고왔지요

서울로 돈 벌러 간 엄마 대신
국민학교 입학식 날 함께 갔던 언니는
시민회관 창틀에 매달려 눈물을 떨구던 내게
가을 운동회 날 꼭 오마고 약속했지만
단풍이 흐드러지고 청군 백군 깃발이 휘날려도
끝내, 다녀가지 못하고
인편에 보내준 기차표 운동화만
먼지를 뒤집어쓴 채 토닥토닥
집으로 돌아온 가을 운동회 날

언니 따라 시집가버린
뒤란 꽃밭엔
금방 울음을 토할 것 같은

고추들만 빨갛게 익어가고 있었지요

시집가는 날

일요일, 시집갈 준비를 하러 간다
청량리역 500원짜리 입장권을 산다
무궁화호 기차에서 내린 시어머니의 산나물 배낭을 옮겨진다
시계탑 위 햇빛이 수줍다
붉은 신호등 안에 갇힌 사내가 오늘은 저승사자 같다
백발 성성한 시어머니의 옆얼굴을 슬쩍 훔쳐본다
아이 같다 사슴 같은 눈망울로
윤년 윤달에 수의를 사면 오래 산다고
조심스레 말하던 끝에 그럼 내가 사드릴게요, 했다
일요일, 시어머니 저 세상으로 시집갈 때 입을
옷 한 벌 사러 간다
족두리, 장삼, 치마, 버선, 손 싸개, 손톱 담는 주머니……
옷태를 황천강에 비춰볼 땐 시집오던 날 같으실라는지
"수의를 높은 곳에 두면 오래오래 산다니 낮은 곳에 두렴"

함께 간 외숙모님 삼베옷을 쓸어보며 농을 건네신다

나는 그저 웃는다

박카스 한 병과 삶은 고구마를 손에 쥐여주며

"고맙다. 우리 애기씨 옷도 사주고. 네가 큰일 했다" 하신다

시집와 겨우 옷 한 벌 사드린 일밖에 한 게 없는데

겸연쩍어 박카스만 홀짝인다

집으로 돌아와 높은 곳에 수의를 올려놓는다

참기름 듬뿍 넣어 산나물을 무친다

생과 사를 무친다

시어머니 새색시 같다

달빛 하얀 가면

소리를 버린 사내와
소리를 얻지 못하고 내 안에서만
달그락거리는 나의 소리들
그 소리들이 너와 내가 앓고 있는 상처라면
언젠가 찬란한 햇빛 속에서 태양의 흑점 같은 사내를 만나
아픔 없이 뽀송뽀송 말릴 수도 있을까, 혼자 중얼거리는 오후
만리독행, 너는
오늘은 마르셀 마르소의 가면을 쓰고 내게 말을 거는구나
'누나가 고독을 알아?'
'흐흐, 고독이 무엇에 쓰는 물건이야?
그게 고독高毒이라면 내 아버지의 발광 같은 거니?'
그 발광發狂으로부터 나의 초경은 시작되었다
그 분꽃 같은 혈흔 속에 나는 아버지를 묻었다
아무에게도 발설하지 않았다
나와 아버지와 나의 가계에 대하여

그러나 고독은 그런 게 아니라
아버지는 문지방을 베고
나는 아버지의 팔을 베고
엄마의 멍든 뼈는 문지방을 넘지 못하던
여름밤의 달빛 하얀 가면 같은 것
우물가에선 말갛게 분꽃이 피고
초경 같던 그 초승달이
전생부터 고독했음을 나는 이제서야 알겠다
그러니 나는 고독은 모르고 고독한 초승달만 아는
부풀지도, 늙을 수도 없는 달이구나
만리독행, 나는

종이 피아노

문방구집 아이가 피아노 가방을 들고 담쟁이덩굴 속으로 들어간다 나는 막다른 골목 다다미방에서 아이의 피아노 소리를 듣는 아이다 하얀 건반 위를 달리며 콩콩 뛰어다니는 문방구집 아이의 과외 시간 '파레스' 주방으로 일하러 간 엄마는 매일 새벽에나 돌아올 것이므로 아이는 무섭다 피아노 소리가 담쟁이덩굴을 저렇게 무성하게 키우는 걸까, 발육 부진의 아이는 음악책을 꺼내놓고 누런 갱지 위에 피아노 건반을 그린다 도레미파솔라시도 도시라솔파미레도 검은 건반까지 꼼꼼히 그려 넣어도 시간은 더디 가고, 무서운 아이의 머릿속에선 레이스가 달린 하얀 드레스를 입은 아이가 아무도 모르는 곡을 연주하기 시작하면 엄마는 안 오시고, 못 오시고 엄마 대신 팬케이크를 굽는 피아노 소리 따라라 라라 따라 아이는 담쟁이덩굴 보다 높이 올라가 팬케이크 같은 노란 태양을 따려는데 느닷없이 종이 피아노의 현이 뚝,

문방구집 아이가 피아노 가방을 들고 담쟁이덩굴

밖으로 뛰어간다 종이 피아노에선 더 이상 피아노 소리가 들리지 않는다 엄마는 새벽에나 돌아올 것이다 다다미방에서 발육 부진의 아이는 고장난 생을 살 것이다

우리 엄마 통장 속에는 까치가 산다

귀퉁이가 닳고 닳은 통장
지출된 숫자 같은 앙상한
나뭇가지 하나 없어도
우리 엄마 통장 속에는 까치가 산다

고향집 감나무 꼭대기
까치밥같이 붉은 도장밥 먹으며
우리 엄마 통장 속에는 까치가 산다

상처도 밥이고
가난도 밥이고
눈물도 밥이고
아픔도 열리면
아픔도 열매란다, 애야

까치밥을 딛고, 나 엄마를 따먹는다
내 몸속에는 까치밥처럼 눈물겨운 엄마가 산다

고생대 마을
– 사북

해발 855m 푯말 꽂힌 추전역에 내려 나의 '폭풍의 언덕'을 찾아갈 때, 그때 그 고갯마루에서는 바람을 불러 어떤 힘을 주물럭주물럭 만들고 있는 풍차 같은 사내도 있었을 테지만 내가 사로잡힌 건 풍차도 바람도 아니고 그걸 품고 기른 5억 8000만 년 된 막장의 어둠이었어 그러니까 내가 찾아가는 건 '폭풍의 언덕'이 아니라 '폭풍의 무덤'이었던 거지 컹컹 사납게 울부짖는 어둠 속에서 남인수를 좋아하던 아버지 검은 얼굴로 돌아와 유독 가스 탐지를 위해 탄광 속에 둔 카나리아처럼 노래 부를 때 나는 아버지의 희망의 카나리아였는지도 몰라 5억 8000만 년 된 어둠의 고생대 검은 석탄을 캐낼 때 나 아버지가 얼마나 두려웠는지, 어두웠는지 이해하지 못하는 카나리아였지 나 이제 아버지 무덤 앞에서 중얼거리지 아버지 그 두려움을, 불꽃 같은 어둠을 아버지라 생각하기로 했어요 그렇게 생각하면 결국 두려움도, 어둠도 피붙이 같겠지요

'한때는 산업전사라 불렸고 또 한때는 폭도라 불렸고' 우리들의 아버지!

여행 온 아이가 여행 온 아이에게

여덟 번째 너를 눈 속에 보내며 운다
–윤대녕 『눈의 여행자』

연필 여덟 자루로 시를 쓰는 나를 너는 엄마라고 부르지
엄마라는 말은 시인이라는 말처럼 아득하지
여덟 살의 너는 내게 시를 생일 선물하지

케익꽃

바람이 분다
바람이 불면 케익꽃이 날아다닌다
그 뒤를 따라 엄마꽃이 따라간다
모래가 케익꽃을 감싸준다
엄마 꽃도 케익꽃을 감싸준다
점점 바람에 휘날려 우주로 간다

너는 사막에 불시착한 눈사람 같아
연필 여덟 자루로 시를 쓰는 나는

네 시가 사막에 내리는 눈처럼 불가해 부끄럽지
곧 너는 여덟 번째 너와 헤어져 아홉 번째 너를 만나게 될 거야
나는 그때도 가난하지
이 별에 불시착한 너의 우주선을 수리해줄 수 없지
시인이란, 그렇게 시시하지
그렇지만 여행 온 아이야
나는 네가 태어나 처음 쓴 시를
설위표雪位標처럼 내 시 속에 놓아둔다
여행 온 아이가 여행 온 아이에게 시간을 묻듯이

화전 간다

좌석이 없는 좌석버스를 타고 간다
삼표연탄 이름만 남아 있는 자리
백미러 같은 낮달 떠 있다
'이번 정류장은 수색극장 앞입니다 다음 정류장은 구름다리입니다'
콘크리트로 만들어진 구름다리 건너
검문소 앞에서 검문당하는 청춘青春
이등병의 배지를 달고 있다
물빛처럼 푸른 군복
수색엔 온통 일렁이는 것들만 살고 있다
'…… 다음 정류장은 항공대학교입니다'
빨강 에나멜 구두를 신고
파랑 종이비행기를 날려 보내던,
삼표연탄보다 활활 타오르던 시절 어디에도 없다

좌석이 없는 생生을 타고 간다
꽃밭은 없고 이름만 남아 있는
화전花田 간다

자전적 산문

시마할

고독의 발명가

유년의 동구 밖에는 항상 미루나무가 한 그루 서 있습니다. 그 미루나무가 아이의 유일한 친구입니다. 아이는 미루나무 그림자 속에서 외롭습니다. 그 외로움의 목록엔 아버지, 엄마, 오빠, 언니 식구들의 부재가 있습니다. 아이는 한 그루 나무처럼 붙박여있습니다. 그 마을엔 아침, 점심, 저녁 세 번 버스가 다녀갑니다. 버스가 도착하고 버스가 떠나고 돌아오는 식구들은 없습니다. 그런 시간들과 함께 아이는 자라납니다. 미루나무가 제 그림자의 키를 키우듯 아이는 부재하는 것들로 제 영혼의 키를 키우며 자신의 고독을 발명합니다. 미루나무가 말합니다.

"내일 또 놀러 오렴. 난 항상 여기 있으니까. 고독처럼 슬픔처럼."

고장 난 추억

여량餘糧. 구절리九切里. 첩첩산중. 종착역. 막장. 풀밭에서 똥을 누는 아버지. 물가에서 아이의 똥 기저귀를 빠는 엄마. 똥처럼 둥둥 떠내려가는 아이. 까무룩. 그때 죽었다면 아이는 시인 같은 건 되지 않아도 좋았을 텐데. 강원도 탄광촌의 검은 산들. 검은 아버지. 검은 시간. 검은 눈물. 모든 게 검게 태어나 검게 죽는 땅 혹은 검은 그림자처럼 사라진 엄마.

변신 이야기

어느 날 갑자기 사라진 엄마. 어느 날 갑자기 바뀐 엄마. 변신하는 엄마들. 오해의 사막을 오래도록 유랑하다 겨우 다다른 이해의 오아시스. 항상 너무 이르거나 너무 늦은 출발과 도착. 그러나 어김없이 동행하는 고독. 나무처럼 쑥쑥 자라는 고독. 그 고독의 그림자 속에 붙박여서도 아무렇지 않은 듯 하하하 시시시 웃는 한 그루 미루나무.

"내일 또 놀러 오렴. 난 항상 여기 있으니까. 고독처럼 슬픔처럼."

마침표

우주에서 가장 상처받은 사람처럼 굴던 시절. 사춘기. 비원 앞 월세 문간방. 엄마는 술집 파레스 주방으로 돈 벌러 가고, 심지가 엉망인 석유곤로에 라면을 끓여 채널 손잡이 빠진 수신 화질 엉망인 흑백텔레비전을 보며 혼자 먹던 저녁들. 자학을 밥 굶듯 하던. 기생관광 오는 일본인들을 위해 어디론지 밤이면 봉고차를 타고 일하러 나가던 안방 언니들. 그 언니들보다도 자주자주 비참해지던. 회수권 살 돈이라도 보태기 위해 음식쟁반을 들고 미로 같은 청계천 광장시장을 헤매고 돌아다니던. 참고서 『15년간 총정리』 밖에는 들여다볼 게 없던. 약국 여러 곳을 돌아다니며 사 모은 동그란 알약들을 한꺼번에 털어 먹고 15년간의 삶을 총정리해버리고 마침표를 찍으려다 실패한. 그때 죽었다면 시인 같은 건 되지 않았을 텐데. 너무 이르게 도착한 절망과 아직 도착하지 않은 희망 사이. 그 사이로 돌아온 무법자. 아버지.

오독의 무법자

고독은 항상 고독이야. 그게 고독의 매력이지. 사람들이 뭔가가 되기 위해서 열심히 변신하려고 노력할 때도 고독은 항상 고독이야. 그게 내가 고독을 사랑할 수밖에 없게 된 이유지. 모든 게 가난 때문이었다고 해도 어느 날 갑자기 사라진 엄마. 어느 날 갑자기 바뀐 엄마. 어느 날 갑자기 돌아온 아버지만 생각해 봐도, 고독이 항상 고독인 것이 얼만큼 위대한 줄 금방 알 수 있거든. 아님 말고.

대차대조표

차변과 대변. 잡손실과 감가상각. 손해충당금. 차월이월. 잿빛 교복. 주간과 야간. 인문계 커트라인보다 높은 성적의 우울하고 못생긴 친구들. 1원도 틀리면 가차 없던 실업계고등학교 부기 수업. 타타타다 두벌식 타자기 치는 소리. 따따따따. 오타 하나에 10점씩 빼던. 다 치고 나면 더 차감할 점수가 없어 늘 바닥이던 한글 영문 타자 시험 점수. 1원이요 2원이요 3원이면? 오른손 엄지와 검지로 튕긴 주판알은 6원이었던가? 계산의 목적보다는 탬버린처럼 흔들면 주판알들의 마찰음이 나뭇잎들을 쓰다듬는 바람소리처럼 들리던. 취업 후 상환 조건으로 빌려주던 대여장학금으로 다녀야 했던. 그럼에도 불구하고 대한상공회의소에서 인증한 생의 처음으로 딴 자격증들. 부기 3급, 주산 2급, 타자 3급, 펜글씨 2급, 자격(증)이라…….

9002236

몇 장의 자격증으로 여상을 졸업하고 대학생이 아니라 오피스 레이디로 변신. 9002236. 사번. 유니크한. 1990년도에 입사한 고졸 36번째 입사 사원. 커피 타는 일과 카피하는 일로 하루가 다 가도 쟁반을 나르는 일보다는 열 배는 쉽고, 아르바이트 시급을 환산한 것보다 더 많은 회수권을 사고도 남을 월급. 경제적 자립형 인간이 된 뿌듯함. 고아는 아니었지만 고아 같았던 시절들과 굿바이. 아현동 산동네 보증금 50만 원 월세 10만 원짜리 방으로 독립. 죽어라 벌레처럼 살며 대여장학금 상환 완료. 일 년 만에 보증금 600만 원 월세 5만 원의 방으로 이주. 주중에는 시내교통비, 복리후생비, 사무소모품비 등등의 영수증을 챙겨 전표를 치고 결

재를 받고 주말마다 회사 산악동호회 사진동호회 회원들과 월악산을 덕적도를 설악산을 제주도를 중고 필름카메라 미놀타 7000i를 들고 쏘다니던 촘촘하고 빛부시던 시간들. 그렇게 살지 않으면 미쳐버리고 말 것처럼 절실했던 그 무엇. 그 무엇의 틈바구니와 고독.

돌아간 무법자

폴더별대로 파일을 정리하듯 아버지라는 폴더를 만들어 정리한다면 용량 크기는 얼마나 될까? 365 킬로바이트? 최소한의 용량으로 최대한의 치명적인 오류를 물려주고 풀숲에서 똥을 누다 똥처럼 떠내려가는 아이를 건지려고 밑도 닦지 않고 여량에 뛰어들었다던 무법자는 끝내 화해의 제스처도 사랑한다는 한마디 유언도 남기지 않고 진폐와 싸우다 5억 8000만 년 된 어둠으로 돌아갔다. 남인수의 노래를 남인수보다 더 잘 부르던. 팔팔 끓인 가위로 손수 아이의 태를 잘라주었듯 자신의 파란만장한 생을 자르고 그렇게 돌아갔다. 아이는 스물두 살이었다. 아버지를 묻고 돌아와 언니와 새언니가 엄마와 새엄마가 싸우듯 싸웠다. 몇 푼 남지 않은 조의금을 맏딸이 관리해야 하는가 유일한 아들이 관리해야 하는가를 두고. 남편을 앞세우고 아들 마저 앞세워 보낸 틀니도 없는 할머니는 어린 애처럼 울었고 고아는 아니었지만 고아 같았던 아이는 다시 고독해졌다. 이번엔 아이가 식구들을 떠났다.

오독의 변주

고독은 항상 새로운 고독이었다. 고독苦毒이었고 고독孤獨이었다. 어느 날 갑자기 사라진 엄마. 어느 날 갑자기 바뀐 엄마. 어느 날 갑자기 죽어버린 아버지처럼. 잠든 동안 돌아왔다 눈만 뜨면 다시 사라지는. 고독은 항상 새로운 고독이었다. 그리하여 막장의 어둠 속에서 석탄을 캐는 광부처럼 아이는 고독의 발명가에서 고독을 캐내는 고독의 광부가 되는 것이다.

대한석탄공사 장성광업소 제1합숙

강원도 탄광촌의 검은 산들. 검은 아버지. 검은 시간. 검은 눈물. 모든 게 검게 태어나 검게 죽는 땅. 혹은 검은 그림자처럼 사라진 엄마. 스물두 살이었고 고아는 아니었지만 고아 같았고, 아현동 순대국밥집 순댓국을 혼자 먹다가 주책없이 눈물을 떨구며 목이 메었고, 굳이 죽어야 할 이유도 살아야 할 이유도 없었고, 고독이 지긋지긋했고, 자주자주 한숨을 몰아쉬었고, 고단했다. 그 모든 고단함과 고통스러움의 이유를 누군가에게 전가하고 싶었고, 흥신소나 이산가족 상봉 협회의 도움 없이도 어느 날 갑자기 사라진 엄마를 어느 날 갑자기 찾아냈다. 17년이란 이산의 세월을 건너 대한석탄공사 장성광업소 제1 합숙 식당 한쪽 비좁은 방에서 고봉으로 퍼준 밥을 아무렇지도 않게 먹을 때 그 모든 고단함과 고통스러움은 오롯이 내 것이라는 것을, 누구에게도 자기 몫의 시간을 덜어줄 수 없는 것처럼 자기 몫의 고독 또한 누구에게도 짐 지울 수 있는 게 아니라는 사실을 억울했지만 순순히 인정했다.

손익분기점 혹은 IC

인정하지 못해서 겪는 고통과 인정함으로써 겪는 고통. 어떤 선택이 손익분기점을 더 높게 할까, 다른 방법은 없는가? 자살? 두 번 죽지 못한 인간이 세 번째 죽는 행운이 있을까? 약국 여러 곳을 돌아다니며 사 모은 동그란 알약들을 한꺼번에 털어 먹고도 아무렇지 않게 깨어났을 때 다시는 이런 허망한 짓은 하지 않으리라 스스로에게 했던 다짐을 망가뜨리면서까지 다시? 딱히 죽어야 할 이유도 살아야 할 이유도 없는 마당에 고독 그까짓 것쯤 겪고 말지. 뭔가 새로운 결심을 하고 싶었고 서울역 건너편 대입학원 새벽반과 야간반 수강증을 끊었다. 비장했지만 부기와 타자와 주산 수업을 받던 머리로 하는 공부는 공부만 하는 아이들과 경쟁이 되지 않을 게 불을 보듯 뻔했고, 결정적으로 내신 15등급 중 15등급인 성적은 아무리 주판알을 굴려보아도 희망적이지 않았다. 고단하고 우울했다. 머리나 깎고 중이나 될까? 장수에 있는 대화 스님을 찾아갔지만 그렇게 살 자신이 없어 사흘 만에 돌아왔다. 또 우울했다. 우울해서 사이비 종교에 빠진 사람처럼 라즈니쉬 명상센터를 찾아 추곡으로, 야마기시즘 공동체를 찾아 화성으로, 동사섭 법회를 들으러 대전으로 쏘다녔다. 그렇게 쏘다녀도 무엇 하나 속 시원한 게 없었고 무엇 하나 해결되는 게 없었다. 또 우울했고 뭔가 확 뒤집어엎고 싶었고, 대입학원 정문 앞에서 야간반 수업이 끝나도록 기다리고 있던 우직하고 착한 남자를 홀려 겁 없이 결혼했다. 겁 없이 아이도 낳았다. 스물네 살이었다. 청량리 전농 1동. 연탄보일러와 재래식 화장실, 아현동 월세방과 다를 게 없었지만 가족이 생긴 고아처럼 따뜻했다.

어머니들

그녀들의 눈동자 속에는 한 그루의 미루나무처럼 자라는 아이가 있다. 그 눈동자 속에서 자란 아이는 제 눈동자 속에 또 한 그루의 나무 같은 아이를 키운다. 그 나무 같은 아이는 가난을 대물림하지만 눈물겨운 시를 선물한다.

케익꽃

바람이 분다
바람이 불면 케익꽃이 날아다닌다
그 뒤를 따라 엄마꽃이 따라간다
모래가 케익꽃을 감싸준다
엄마꽃도 케익꽃을 감싸준다
점점 바람에 휘날려 우주로 간다

고독을 이해하기 위해선 고독해질 필요가 있다. 어머니를 이해하기 위해선 어머니가 되어보면 안다. 되지 않고 아는 방법은 묻지 마시라, 그건 내 방식이 아니다. 어느 날 갑자기 사라진 엄마, 어느 날 갑자기 바뀐 엄마, 어느 날 갑자기 찾는 엄마, 어느 날 느닷없이 떠나버린 엄마. 엄마들…… 자식을 여러 명 가진 사람은 많지만 엄마를 여러 명 가진 사람은 많지 않다. 많지 않은 건 귀한 것. 그게 내 생각이다. 오해의 사막을 오래도록 유랑하다 이해의 오아시스에 겨우 다다른 지금에 와서는.

쉼표

춘천에 여름에 갔었지. 앵광나무 꽃에게 속삭이러. 삶은 계란, 삶은 고독, 삶은 나. '삶'은 '사람은'을 줄여놓은 말이 아닐까? 앵광나무는 삶을 빛 부시게 번역하고 있었지. 앵광나무 꽃에게만 속삭였던 내 슬픔. 피었겠다. 여름 춘천에. 삶은 끝끝내 사람에 관한 것이어야 한다고 당신이 그랬던가? 아직도 춘천엔 몇 개의 빗방울 흩뿌리고 있겠지. 누구는 그걸 사랑이라고 부르는 모양이지만 우리는 그걸 음악이라고 불렀었지. 다시, 나를 가여워하시는 모든 애인들께 오체투지!

하하하 시시시, 하시시

한 환자가 내게 말했다. "내가 받는 이 모든 고통은 무슨 쓸모가 있습니까? 나는 고통을 이용해서 허영심을 채울 수 있는 시인도 아니거든요."* 겁 없이 결혼도 하고 겁 없이 아이도 낳은 뒤 스물여섯 살 늦깎이 대학생이 되었다. 저질러라! 실패가 닥치면 겪으면 되고 실패했으면 긍게 긍갑다 하고 다시 실패하면 되리. 낮에는 등록금을 벌기 위해 회사에 다녔고 밤에는 책가방을 들고 수업을 들으러 헐레벌떡 뛰어다녔고 휴일엔 옥탑방에서 책을 읽었다. 누가 시켰다면 정녕 견뎌낼 수 있었을까? 어쩌면 그 모든 억척과 인내는 나의 허영심을 채우기 위한 것이었는지도 모른다. 새롭게 식구가 된 사람들에게는 미안해야 하는 대목이지만 미안해하고 싶지 않다. 세상의 무엇도 쓸모없는 건 없을 테니까. 하하하 시시시, 시인 반 물 반이라는 세상에서 시시한 시인이 되었고 나름 눈물겨웠고, 턱없는 원고료로는 살 수가 없어서 나는 다시 비정규직 오피스 레이디다.

매일매일 출근한다. 매일매일 퇴근한다. 내면을 닦듯 모니터를 닦는다. 아현동 월세방보다 나을 게 없었던 다 쓰러져가는 집을 새로 짓느라 빌린 은행 융잣돈을 갚기 위해, '케익꽃'이란 시를 생일선물로 준 아이를 위해, 시를 아끼는 사람들과 거나하게 취할 술값을 위해, 낮에는 회사에 다니고 밤에는 시 쓴다. 그렇게 살면 고독할 틈이 없을 것 같지만 자주자주 고독하다. 그 고독들로 오늘도 나는 고독의 레시피를 만든다. 고독의 발명가는 고독의 광부이면서 고독의 요리사이다. 아주 오래된 친구인 나의 미루나무가 말한다.

"내일 또 놀러 오렴. 난 항상 여기 있으니까. 고독처럼 슬픔처럼."

곰곰 문문

그렇게 발명한, 캐낸, 요리한 고독들을 묶어 서른다섯 살 첫 시집 『곰곰』을 출간했다. 시가 유효한지 무효한지 나는 묻지 않겠다. 그냥 아직도 내 곁에는 열정의 맨 앞에 시를 놓아두는 몇몇 친구들이 있고, 내 왼손 약지에는 첫 시집 발간을 축하하며 '불편 동인'들이 피

같은 돈을 모아 선물해준 금반지가 끼워져 있다. 매일 매일 들이닥치는 일상이 힘들 때마다 나는 아무도 모르게 그 반지를 들여다본다. 거기 불편 동인들이 새겨준 까만 글씨를 어느 날은 '곰곰'처럼 또 어느 날은 '문문'처럼 오독한다. 마늘 아닌 걸 먹어본 적이 있기는 있니? 곰곰이 생각하면서.

에필로그

시마할은 할마시를 거꾸로 쓴 것이다. 그냥 멋져 보여서. 아님 말고.

1.저질러라 2.닥치면 겪는다 3.긍게 긍갑다, 나는 내 인생의 3계명도 있고, 아직 충분히 젊다. 곧 케익꽃이란 시를 쓴 아이의 아이의 할마시가 되겠지만 나쁘지 않을 것이다. 기특하게도 아이는 시인 같은 건 되고 싶지 않다니 나는 편안하고安, 어질고賢, 아름다운美 할마시 아니 시마할이 될 것이다. 그때도 죽어라 고독하겠지만. 후,

* 에밀 시오랑의『독설의 팡세』중에서.

시에 관한 단상

안녕, 호르헤

"나는 사랑하고 있는 걸까? - 그래, 기다리고 있으니까." 그 사람, 그 사람은 결코 기다리지 않는다. 때로 나는 기다리지 않는 그 사람의 역할을 해보고 싶어 다른 일 때문에 바빠 늦게 도착하려고 애써본다. 그러나 이 내기에서 나는 항상 패자이다. 무슨 일을 하든 간에 나는 항상 시간이 있으며 정확하며 일찍 도착하기조차 한다. 사랑하는 사람의 숙명적인 정체는 기다리는 사람, 바로 그것이다.

- 롤랑 바르트 『사랑의 단상』 중에서

*

그렇습니다. 시에 대해서는 나는 항상 기다리는 사람이므로, 나는 감히 시를 사랑하는 사람이라고 나를 생각해오고 있습니다. 사랑하지 않고서야 어떻게 이렇게 지난한 기다림을 이토록 지속적으로 반복할 수 있을까요? 또한 앞으로도 일방적으로 혼자만 애태우며 단 한 번도 역전될 가망성이라곤 눈곱 만큼도 없을 게 뻔한 그 기다림을 자발적으로 각오하는 것일까요? 왜? 어찌하여…… 스스로 수십 번 아니 수백 번도 더 되물었던 이 물음에 대하여 그러나 나는 딱히 명쾌한 답을 가지고 있지 않습니다. 다만 사랑이 불가해한 속성으로 이루어지는 幻이라는 걸, 롤랑 바르트 씨가 이야기하고 있듯이 그것이 사랑하는 사람의 숙명적인 정체라는 걸 조금 눈치채고 있을 뿐입니다. 그러니 내가 드릴 말씀은 별로 없습니다. 누구나 자신의 그림자shadow 하나씩은 지니고 이생을 살다 가기 때문입니다.

*

그럼에도 불구하고 말해져야 한다면, 나는 다만 내가 사랑했고 기록했고 재구성했던 것들의 목록을 나열할 수밖에 없을 것 같습니다. 그러나 분명한 것은, 우리끼리 얘기지만 내가 사랑했고 기록했고 재구성했던 것보다 더 많은 것들이 말해지지 않았음을 미리 밝혀두고 싶습니다.

*

언어

내가 사랑하는 '나무'를 내가 사랑하는 당신이 '나무'라고 불러주는 황홀. 책상도 아니고 침대도 아니고 '나무'라고 불러주는, 여러 번 생각하고 생각해도 매번 믿기지 않는 황홀.

내가 사랑하는 '나무'를 내가 사랑하는 당신이 '나비' 혹은 '나물'이라고 가끔 틀리게 말하는 그러나 아주 틀린 것은 아닌. 설명하고 싶지만 설명할 수 없는, 보이지 않지만 존재하는, 모든 것이면서 아무것도 아닌, 그리하여 내가 사랑한다는 사실을 어느새 당신도 알아버리는 황홀.

그림

아프리카로부터 내게로 온,
내가 그린 물고기 연필
아! 아프리카
아! 사바세계

여행

태백을 찾아갔던 여름이 있었습니다. 그때 우리는 한강의 시원인 검룡소를 보고 오는 길에 구와우 마을 해바라기밭에서 늦은 점심을 먹었고 함백산 고개를 넘어 호젓한 절집을 지나기도 했었는데, 그때 당신은 이생의 내 애인도 남편도 스승도 아니었지만 그렇게 담담하고 서늘한 여행은 애인이나 남편이나 스승과는 할 수 없다는 것에 우리는 암묵적으로 동의했고, 우리는 말하지 않고도 말해지고 있는 소리를 입지 않은 언어들을 가만히 좋아해 주었습니다. 왜냐하면 호젓한 절집의 도반들처럼 당신과 나는 시로 깨달음에 다다르고자 길을 가는 자들이고, 그 담담하고 서늘한 여행의 동행이기 때문입니다.

알코올

램프를 상상했다면 당신은 연금술사일 가능성이 높고, 중독을 생각했다면 당신은 마약쟁이일 가능성이 높고, 두꺼비를 상상했다면 당신은 시인일 가능성이 높습니다. 그러나 그것은 가능성의 확률일 뿐, 우리 주위에는 한 가지만으로는 확정할 수 없는 많은 삶이 존재하고 그 많은 존재 사이에서 언어들은 유령처럼 떠돌고 있습니다. 피톨들이 우리의 육체를 떠돌아다니듯, 마침내는 알코올이 우리의 혈관을 지배하듯. 어쩌면 시인들이란 그 많은 존재사이에서 떠돌아다니고 있는 그 유령의 비밀을 목격했다고 함부로 거짓을 발설하는 취객에 지나지 않는지도 모르겠습니다. 기다리다 기다리다 저 홀로 먼저 취해버리고 만.

운율

코끼리의 심장박동률은 평균 매분 25회이고, 카나리아는 약 1,000회이다. 사람의 심장박동률은 출생 때(평균 130회)부터 사춘기까지 점차 감소하다가 늙어서는 다시 약간 증가하는데, 성인의 박동률은 평균 80회이다. 운동, 정서적 흥분, 발열이 있을 때는 박동률이 일시적으로 증가하고, 잠잘 때는 감소한다. 출처 : 브리태니커

그리하여 우리는 선천적으로 매일매일 운과 율을 온몸으로 실천하는 시인일 수박에 없는 것입니

다.

(　　)

우리는 모두 인생이란 괄호 안에 무수히 많은 꿈을 적다가 갑니다. 그것이 틀린 답이어도 맞는 답이어도 어쩔 수 없습니다. 한 번뿐이니까. 나는 그게 마음에 듭니다. 이 죽음보다 더 무시무시한 삶을 두 번 살 수는 없는 것입니다. 괄호의 안과 괄호의 밖. 삶과 죽음. 내 경우 괄호를 한 번도 제대로 이해한 적이 없지만 나는 그것조차 마음에 듭니다. 인생이란 원래 뭘 좀 몰라야 살 맛 나는 법! 내 시는 그러니깐 뭘 좀 모르면서도 스펙터클 환타스틱 괄호 체험기쯤이 아닐까 싶습니다. 아님 말고!

고독

고독은 고독입니다. 침묵은 침묵입니다. 나는 언어를 설명하기 위해서 언어를 사용하는 사람들도, 언어를 이해하기 위해서 언어를 해체하는 사람들도 좋아합니다만 고독은 고독이고 침묵은 침묵일 때, 설명하고 싶지만 설명할 수 없는 그 순간이 시가 된

다고 믿는 축입니다. 그런 연유에서 나는 겨우 내가 사랑했고 기록했고 재구성했던 것들의 목록을 나열할 수밖에 없었던 것입니다. 끊임없이 끊임없이 단 한 번도 역전될 가망성이라곤 눈곱 만큼도 없을 게 뻔한 이 불가해한 기다림을 사랑이라고 믿으면서.

그리고

미리 밝혀둔 것처럼 나는 명쾌한 답을 가지고 있지 않습니다. 그럼에도 불구하고 나는 기다리는 사람입니다. 호르헤 루이스 보르헤스를 롤랑 바르트를 두보를 경험하면서, 그 경험들과 나를 혼합하고 재구성하면서, 매번 패배하리란 것을 알면서도 매번 다시 기다림을 각오하는 사람일 뿐입니다.

*

두보

詩語不成死不休

시어가 이루어지지 않으면 죽어도 그치지 않겠다.

해설

환상과 서정의 대위법

김진수 문학평론가

안현미의 시세계는, 시인 자신의 표현을 빌려 말하자면, "치사량의 열정과 눈물 한 방울만큼의 광기와 고독/개미의 페로몬 같은 상상력을 복용"(「짜가투스트라는 이렇게 말했다」)한 어떤 도발적인 정신의 초상이라고 할 수 있다. "낡은 시대와 서둘러 작별하라"는 이 같은 '짜가투스트라'의 정신은 그만큼 불온하고 또 위험하기도 하다는 뜻이겠다. 왜냐하면 그것은 이 세상의 '지도엔 없는 마을'을 찾기 위해서 '세상 끝 등대'(「카만카차」)를 배회하는 정신과 다르지 않기 때문이다. 안현미의 시세계에서 저 '지도엔 없는 마을'은 대개 근대적 주체나 현실의 관념으로부터 배제된 어떤 무의식이나 환상(환영, 환청, 환각을 포함한)의 영역 속에서나 발견될 수 있는 것으로 상정되고 있는 듯하다. 필경 프로이트가 말한 쾌락 원칙이 지배하고 있을 이 영역을 우리는 일종의 유토피아라고 불러도 좋겠다. 그러므로 시인이 해체하고자 하는 현실, 혹은 새롭게 구축하고자 하는 저 유토피하로 들어서기 위해서는 무엇보다도 먼저 '환상'이라는 푯말이 세워져 있는 어떤 무의식의 입구를 통과하지 않으면 안 될 것처럼 보인다. 달리 말해서, 시인의 시세계를 구성하는 핵심적인 정신의 풍경은 바로 무의식의 초상이라는 뜻이 되기도 할 것이다. 시집에 자주 등장하는 '꿈(몽)'이나 '환각', '몽상'이나 '착란'혹은 '중독', '발광', '몽유'같은 의식의 부재 혹은 잉여의 사태들이 지시하는 바는 바로 저 초상의 다양한 양태들일 터이다.

보다 정확하게 말하자면, 안현미의 시세계가 탐색하고자 하는 것은 이성 중심주의적인 근대적 주체의 관념 속으로 환원될 수 없는, 의식으로부터 배제되어 추방된 우리 정신의 또 다른 영역이라는 것이다. 가령, 중의법으로 사용된 「환을 연주하다」같은 시의 제목이 암시하고 있는 바와 같이 인간 정신의 일부로서의 환상의 영역이 바로 이 시인의 노래의 지반을 이루고 있다는 뜻이겠다. 이 제목의 시에 등장하는 "나는 길을 잃고 헤매던 조각배인 듯 불빛 속에서 떠오르는 환을 봅니다" 같은 표현이나 "나 몽유병에 꽂혀 죽어가고 있어"(「몽유병」) 같은 구절을 보라! 시인의 표현대로라면, '수은이 벗겨진 거울'(「사타와」)의 뒷면이나 "소리를 얻지 못하고 내 안에서만 달그락거리는 나의 소리들"(「달빛 하얀 가면」)로 상징되는 어떤 비가시적이거나 비가청적인 정신의 영역이 바로 안현미의 시세계가 탐색하고자 하는 득의의 영역이라는 것이다. 여기에서 이 '거울'과 '소리'는, 물론, 세계와 대상을 자기 동일성의 '빛'속으로 끌어들이는 주체의 의식과 감각에 대한 은유에 지나지 않을 터이다. 시인 자신 역시 이러한 점을 충분히 의식하고서 "나는 착란의 운명을 타고난 빛나지 않는 별"(「屍口間 밖, 봄」)이라고 노래하고 있기도 하다. 여기에서 '착란'이란 의식의 거울이 깨진 어떤 불가해한 정신의 상태에 대한 표현에 다름 아닐 것이다. 그렇다면 시인이 노래하는 이 착란의 실제적 내용은 무엇일까? 아래 시를 보기로 하자.

> 착란에 휩싸인 봄이 그리워요, 비애도 회한도 없는 얼굴로 당신들은 너무나 말짱하잖아요, 착란이 나를 엎질러요, 엎질러진 나는 반성할까 뻔뻔할까, 나의 죄는 가난도 가면도 아니에요, 파란 아침이고 시구문 밖으로 나가면 끝날 이 고통도 아직은 내 거예요 친절하지 않을래요 종합선물세트처럼 주어지는 생을 사는 건 당신들이지 나는 아니에요, 나는 착란의 운명을 타고난 빛나지 않는 별, 빛나는 별도 언젠가는 늙고 죽어요 우리 모두는 그런 운명을 갖고 태

어나지만 영원을 살 것처럼 착란 속에서 살며 비애도 회한도 모르는 얼굴로 우리들은 너무나 말짱해요.

-「시구문屍口門 밖, 봄」 부분

이 시에서 '착란에 휩싸인 봄'이란 "비애도 회한도 없는 얼굴"을 한, 그러니까 도저한 생명력으로 약동하는 어떤 삶과 존재에 대한 환유라고 말해야 하리라. 보다 자세히 말하자면, "빛나는 별도 언젠가는 늙고 죽"는 "그런 운명을 갖고 태어나지만 영원을 살 것처럼" "너무나 말짱하"게 "종합선물세트처럼 주어지는 생을 사는"그런 삶을 일러 시인은 착란이라고 말한다는 것이다. 결국 죽음과 소멸을 염두에 두지 않는 '참을 수 없이 가벼운'삶이야말로 바로 착란이라는 뜻일 터이다. 그래서 시인은 "차라리 신神은 봄 같은 건 제조하지 말았어야 한다!"(「거짓말을 제조하다」)고 공언하고 있는 것인지도 모른다. 왜냐하면 이 '봄'이야말로 바로 착란을 가져오는 원인이 되기 때문이다. 그런데 이 시에서 더욱 주목해야 할 점은, 시인 자신은 이 '착란에 휩싸인 봄'을 그리워하고 있다는 사실이다. 그리워하는 대상은 언제나 과거의 시간 속에 놓여 있는 것일 수밖에 없을 텐데, 그렇다면 시인은 이제 이 '봄'을 살고 있지 않다는 사실이 자명해진다. 다시 말해서, 시인의 현재적 삶이나 존재는 저 착란의 '시구문 밖, 봄'의 바깥, 즉 '시구문 안'의 세계에서 이루어지고 있다는 뜻이겠다.

이 같은 사태를 달리 표현하자면, 시인의 현재적 삶은 저 '시구문'이라는 어사가 드리우고 있는 그림자로서의 어떤 죽음의 표상 안에서 이루어지고 있다는 것이다. "문 밖이 곧 저승이라고 하더니, 왜 나는 문 안쪽에서도 관에 누워 있는 것 같단 말이오"(「그렇다면 시인」)라는 시의 한 구절이야말로 바로 이러한 사정을 잘 말해주고 있다 할 것이다. 시집에서 이 죽음의 구체적인 양태로 등장하는 것이 '고장난 생'(「종이 피아노」)의 이미지들이다. 시인은 흔히 "어디까지가 바닥인가요? 왜 생生은 고장투성이인가요?"(「고장난 심장」)라거나 "잘못 태어났어(「몽유병」)"라며 자신의 현재적 삶과 존재에 대해 항변하고 있는 것처럼 보인다. 시집에서 이 고장난 생의 이미지 다발들이 수렴되는 하나의 핵심적인 이미지는 "잃어버린 시간이 울고 있"는 '옥탑방'(「하시시」, 「사티와」, 「옥탑방」)으로 표상되고 있다. 물로 시인 역시 "나는 착란의 운명을 타고난 빛나지 않는 별"임을 이미 알고 있다. 시인 자신도 저 '시구문 밖, 봄'의 계절을 살 운명을, 즉 삶과 생명의 환희를 구가할 운명을 타고난 '별'임을 분명하다는 것이다. 그리하여 시인은 다시 "봄을 제조한 신神은 위대하다, 위대하다!"(「거짓말을 제조하다」)고 거듭 강조하고 있는 것이리라.

그런데 시인의 현재적 삶은 저 착란의 봄을, 그 운명을 살지 못한다. 저 '별'이란 어사 앞에 놓인 '빛나지 않는'이라는 수식어가 말해주는 바가 바로 그것일 터이다. 그러니 "비애도 회한도 없는 얼굴"을 하고 사는 저 '시구문 밖, 봄'이 어찌 그립지 않을 수 있을 텐가? 이 그리움 속에는, 뒤집어 말하자면, 현재적 삶의 비애와 회한이 똬리 틀고 있는 것이다. 그러므로 우리는 이 시구문 안의 상황이 시인의 현재적 삶의 조건이라고 말해야 한다. 그리고 시집에서 이 시구문 안의 현재적 삶을 지배하는 것은 '모래시계'로 상징되는, 자꾸 "흘러내리는 시간"(「고장 난 심장」), 즉 계기적 시간에 의한 인과성이라고 말할 수 있을 것 같다. 이 계기적 흐름 속에서 모든 존재의 빛은 끊임없이 바래져서 마침내 소멸을 향해서 가기 때문이다. "시간은 아무것도 해결해주지 않을 테지만 그곳으로 나를 데려다 주겠지요?"(「고장 난 심장」)라고 시인이 노래할 때, '그곳'이란 어김없이 죽음의 그림자를 동반하고 있는 것이다. 결국 시인의 현재적 삶과 존재는 저 시간의 인과율 속에서 마침내 죽음과 소멸로 향하게 될 것이라는 뜻이겠다. 시구문 안에서 이루어지는 이 삶의 무상함과 쓸쓸함을 노래하고 있는 다음과 같은 시를 보기로 하자.

> (…) 난독증을 앓는 착란의 바람이 집창촌 골목 다닥다닥 붙은 유리벽을 흔들고 지나갔다 이방의 어느 골목인 듯 모국어가 그리웠다 생은 결국 플러스 제로와 마이너스 제로만을 해답으로 가진 수학 공식 같았다 유리벽에 걸린 블루마린빛 시계는 자살했고 미로처럼 구불구불한 그녀들의 방 거울 속엔 마스카라가 얼룩진 얼굴들이 검은 눈물을 흘리고 있었다 슬픔은 팡이 팡이 피어오르는 곰팡이꽃처럼 습관적으로 습한 곳만 더듬거렸다 습관적으로 희망하고 반복적으로 절망하는 날들이 지나갔지만 아무도 여자가 어디로 갔는지 묻지 않았다 물음이란 본디 목마른 여름날 오후의 햇살들처럼 아무것도 말해주지 않는다는 게 이 별책 부록 같은 골목의 불문율이었다
>
> 그 해 여름 팔려간 여자의 화장대 거울은 땀을 뻘뻘 흘리며 목마른 시인의 가면을 뒤집어쓰고 팔리지

않는 위독한 모국어로 시詩를 쓰고 있었다

- 「그 해 여름」 부분

그러니 이제 우리는 시인이 그리워하는 저 '시구문 밖, 봄'의 풍경을, 달리 말해서 '착란에 휩싸인 봄'의 풍경을 자세히 들여다볼 수밖에 없는 입장에 처하게 되었다. 시집에서 저 시구문 밖, 봄은 흔히 '죽어버린 시계'(「timeless time」), '살해된 시간'혹은 '도둑맞은 시간'(「러시안 룰렛」), '잃어버린 시간'(「옥탑방」)혹은 '시간을 잃어야 할 시간'(「마침표」) 등으로 표현되는 어떤 무시간적인 카오스적 풍경을 배경으로 하여 연출되는데, 안현미의 시세계에서 이 상실된 시간은 대개 주체의 자기 동일성의 의식 바깥의 풍경을 드러내는 장치로 작용하고 있다. "시간을 오려내는 거예요 오후 세 시는 권태롭다면서요?"(「오후 세 시」) 같은 표현이 암시하고 있는 것도 바로 저 '별책 부록 같은' 일상의 권태로운 시간이 정지한 상태, 즉 일상적 의식의 바깥일 터이기 때문이다. 저 의식 바깥의 풍경 속에서는 우선 "내 속에는 내가 너무도 많아 분열을 앓고 있는 나는 나를 사랑한 당신을 사랑한 나를 증오하지"(「옥탑방」) 같은 복잡한 문장이 말하고 있듯이, 주체는 홀로 단독자로서 존재하지 않는다. 그것은 몇 개의 겹으로 이루어져 있거나 아니면 '나를 사랑한 당신을 사랑한 나'처럼 타자와의 관계 속에서 존재하는 것으로 상정된다. 이 같은 복수적 혹은 관계적 주체의 초상을 그리고 있는 작품들 가운데서 가장 빼어난 작품은 아마도 다음과 같은 시일 것이다.

> 사내의 그림자 속에 여자는 서 있다 여자의 울음은 누군가의 고독을 적어놓은 파피루스에 덧쓰는 밀서 같은 것이어서 그것이 울음인지 밀서인지 고독인지 피아졸라의 음악처럼 외로운 것인지 산사나무 꽃그늘처럼 슬픈 것인지 아무것도 아닌 것인지 그게 다인지 여자는 눈,코,입이 다 사라진 사내의 그림자 속에서 사과를 베어 먹듯 사랑을 사랑이라고만 말하자, 고 중얼거리며 사내의 눈,코,입을 다 베어 먹고 마침내는 그림자까지 알뜰하게 다 베어 먹고 유쾌하게 사과의 검은 씨를 뱉듯 사내를 뱉는다
>
> -「개기월식」 전문

근대적 주체의 관념과 의식이 파기된 자리에서 등장하는 이 새로운 복수적 주체의 초상은 필연적으로 타자와의 관계 속에서 새롭게 정리될 수밖에 없을 것이다. 물론 저 새로운 주체가 자리하고 있는 '잃어버린 시간'속에서는 시간이 이미 상실되고 없기에 계기적 시간성으로부터 귀결되는 존재나 사물의 인과성 같은 것이 자리할 여지가 없음은 물론이겠다. 또한 이 상실된 시간 속에서는 따라서 시간의 불가역성조차 작용하지 못하고 어떤 가역적인 것으로 전환되기도 하는 것처럼 보인다. "나는 환승역으로 돌아와 시간을 바꾸어 탑니다"(「환을 연주하다」) 같은 표현이 지시하는 바가 바로 그것이다. 환상성의 모티프로부터 파생된 이 같은 복수적 주체의 출현을 통해 시인이 노래하고자 하는 바는 어쩌면 이제는 상실된 낙원의 회복 가능성에 대한 탐색인 것처럼 보인다. 저 시구문 밖, 봄의 세계가 상징하는 것 역시 시인이 "오직 당신의 꿈속에서만 있다"(「가령」)고 노래하고 있는 어떤 '시원始原'의 상태, 즉 이제는 상실된 낙원의 다른 이름일 수밖에 없다는 뜻이겠다.

가령 당신이 수원에서 기차를 탔다고 합시다

가야 할 곳은 시원이라고 합시다

당신은 까무룩히 졸았다고 합시다

당신의 꿈속에선 비가 내렸다고 합시다

빗속을 달려오는 회색빛 자동차도 있었다고 합시다

그래도 당신이 가야 할 곳을 시원이라는 걸 잊지 않았다고 합시다

그러나 눈을 떠보니 수원이라고 합시다

그렇다면 당신은 떠났던 것일까요?

떠나지 않았던 것일까요?

시원始原, 시원은 오직 당신의 꿈속에만 있다는 걸

가령衡靈, 당신이 믿는다면

나는 당신의 전생을 들고

당신의 꿈속에 도착할 수 있겠습니다

- 「가령」 부분

이 같은 실낙원의 모티프를 통해서 시인이 탐색하고자하는 질문의 핵심은 다음과 같다. "나는 나를 시작할 수 있을까요?"(「고장난 심장」). 안현미의 시세계와 관련하여 이 같은 난해한 질문의 의도를 우리는 낙원상실 이전 상태로의 회귀 가능성에 대한 탐색으로 이

해해야 한다. 달리 말해서 우리가 기독교적 원죄의 관념으로부터 파생된 실낙원의 모티프를 프로이트가 말한 바 있는 현실 원칙에 의한 쾌락 원칙의 억압, 즉 정신에 의한 자연의 분리, 주체에 의한 타자의 억압, 의식에 의한 무의식의 분열이라는 관점에서 해석할 수 있다면, 낙원의 부활 가능성은 이 분리된 주체와 세계의 새로운 통합, 즉 쾌락 원칙과 현실 원칙의 화해에 의해서만 가능하다고 할 수 있다는 뜻이다. 안현미의 시세계에 에로스적 욕망이 강렬하게 지배하고 있는 것처럼 보이는 이유도 바로 이러한 맥락에서 이해될 수 있을 것이다. 이 에로스적 욕망은 현실 원칙의 지배 아래에서 성립된 근대적 주체나 현실의 관념에 대한 전복과 해체의 열망에 다름 아니기 때문이다. 달리 말해서 그것은 현실 원칙의 억압 아래 놓인 분열된 근대적 주체의 자리를 다시 그 원래의 상태로 되돌리고자 하는 열망의 다른 이름이라는 것이다. 이제는 상실된 이 태초의 상태를 일러 시인은 아마도 '지도에 없는 마을'로 명명했을 터이다.

쾌락 원칙을 따르는 에로스적 충동이 현실 원칙의 지배에 의해 성립된 문화 혹은 근대적 주체의 관념으로부터 애초부터 배제되어왔다는 것은 주지의 사실이다. 따라서 우리는 저 상실된 낙원의 새로운 회복은

이성 중심주의적인 근대의 주체를 이 에로스적 욕망에 의해 해체하거나 해방함으로써만 비로소 가능하게 될 것이라고 추정할 수 있다. 안현미의 시에 환각, 착란, 몽유 같은 환상성의 모티프들이 강력하게 작용하는 것도 바로 이러한 사정과 무관하지 않다. 왜냐하면 환상이야말로 저 쾌락 원칙을 따르는 에로스적 욕망이 주체의 의식에 뚫어놓은 구멍을 통해 솟아오른 무의식의 자기 존재 증명일 것이기 때문이다. 환상은 의식에 의해 배제되거나 억압되었던 것들이 허약한 의식의 지층을 뚫고 솟아오르는 무의식의 자기 발현인 셈이다. 그러므로 그것은 의식/언어의 정돈된 질서 안에 온전히 편입되지 못한다. 언어에 대한 시인의 예민한 자의식이나 통찰 역시 이러한 맥락에서 이해될 수 있다. "난독증을 앓는 착란의 바람"과 "팔리지 않는 위독한 모국어"(「그 해 여름」), "파피루스에 덧쓰는 밀서"나 "사랑을 사랑이라고만 말하자"(「개기월식」) 같은 표현들은 모두 이러한 언어에 대한 시인의 자의식을 말해주는 것일 터이다. 시인의 언어에 대한 자의식과 통찰이 핵심적으로 드러나는 것은 「언어물회」라는 시이다. 거기에서 시인은 "한계와 임계 사이에 언어가 있다/언어는 우울한 물고기 이름이다"라고 노래한 바 있다. 말을 바꾸자면, 언어는 그 자체로 한계인 동시에 임계, 즉 존재의 최소치와 최대치 사이에서 움직이는 살아 있는 '물고기'와 같은 것이라는 뜻이겠다. 언어라는 이 물고기가 '우울한'이유는 바로 그것이 지니고 있는 이 같은 불확정성과 유동성 때문이라고 해야 한다.

사실상 안현미의 시세계에서 언어는 그 지시 대상에서 언제나 미끄러질 수밖에 없는 한계와, 또한 그 지시 대상의 최대치를 싸안는 임계 사이에 있다. "좌석이 없는 좌석 버스를 타고" "꽃밭은 없고 이름만 남아 있는/화전花田간다"(「화전 간다」) 같은 표현을 보라! 실체는 사라지고 명목만 남은 기호로서의 언어에 대한 시인의 관점이 잘 드러나고 있는 구절이라고 하겠다. 환상의 언어들이 단아한 서정시의 리듬과 어법을 갖지 못하는 이유가 바로 거기에 있다. 우리는 안현민의 시세계에서 의식으로 제어되지 못한 말들의 카니발이 이루어지고 있음을 드물지 않게 목도할 수 있다. 그리고 이 말들의 카니발을 구성하는 도발적인 정신이 시인의 시세계에서 아이러니와 역설의 수사법으로 등장하고 있음도 주목해야 한다. 그러니 이 아이러니와 역설을 우리는 단순한 수사의 차원으로 한정 지어서는 안 되고, 그것이 바로 안현미의 시 정신 자체라고 말해야 한다는 것이다. 가령, 시집의 표제시이기도 한 다음과 같은 시를 보도록 하자,

주름진 동굴에서 백 일 동안 마늘만 먹었다지
여자가 되겠다고?

백 일 동안 아린 마늘만 먹을 때
여자를 꿈꾸며 행복하기는 했니?

그런데 넌 여자로 태어나 마늘 아닌 걸
먹어본 적이 있기는 있니?

-「곰곰」 전문

여자가 되기 위해 "백 일 동안 마늘만 먹었"던 '곰'이 "여자로 태어나 마늘 아닌 걸 먹어본 적이 없"게 된 이 우울한 정신적 현존의 상태야말로 내가 보기에 안현미의 시세계가 자리하고 있는 핵심적인 장소일 듯하다. 이 시의 제목이 그냥 단순한 '곰'이 아니라 '곰곰'일 수밖에 없는 이유도 바로 이러한 반어적 혹은 역설적 정신 때문이리라. 아이러니와 역설은 정신이 스스로를 의식하는 정신의 한 형식, 보다 정확히 말하자면 실존적 부조리의 의식이라고 말할 수 있다. 그리고 이 정신의 본질은 언제나 '다시re'라는 제곱의 형식으로 존재한다. 이 아이러니와 역설의 정신은 정신의 자기 성찰 혹은 반성의 형식이라는 뜻이다. '곰'이 '곰곰'으로 중첩되는 이 시의 표현법이 담고 있는 이 같은 성찰적 정신이야말로 바로 저 아이러니와 역설의 형식이라는 것이다. 그러므로 '곰곰'은 '곰'에 의해 성찰된 '곰'의 실존적 부조리의 의식이라고 할 수 있다. 그러나 이 아이러니는 또한 우울한, 슬픈 정신의 자기표현이기도 하다. '곰'이 제곱된 이 '곰곰'의 언어적 형식은 안현미의 시세계에서 모멸에 찬 정신의 자기의식이기 때문이다.

수치스럽지만 인정할 수밖에 없는 자신의 실존적 현실, "잘못 태어났다"(「몽유병」)거나 "꽃다운 청춘을 바쳐 벌레가 되었다"(「거짓말을 타전하다」)는 자기모멸적 인식을 통해서야만 자신을 드러낼 수밖에 없는 정신의 자기의식, 그것이 바로 아이러니와 역설이다. 이 시집에 자주 등장하는 동음이의어homonym에 의한 말장난fun도 이러한 아이러니와 역설의 정신과 무관하지 않아 보인다. 왜냐하면 그것은 동일한 기표를 통해서 서로 다른 사태나 상황을 동시에 지시할 수 있기 때문이다. 가령, "피를 뽑기 위해 피를 빨리는 무서운 생업"(「함부로」) 같은 표현을 보라! 안현미의 시세계에서 이 같은 말의 유희는 대부분 시의 문맥 속에 아주 적절하게 배치되어 있어 시적 긴장의 폭을 극대화하고 있다는 사실에 주목하기로 하자. 그러므로 이 같은 아이러니와 역설의 정신적 형식은 전도된 세계를 전도된 방식으로밖에 말할 수 없는 우울한 정신의 자기 해체적 형식이라고 말할 수도 있다. "휘휘 돌아버린 세상"(「대낮의 부림나이트로 오실래요?」)에 '휘휘 돌아버린 방식'으로 대응하기, 즉 환상을 통한 말들의 카니발이라는 탈문법적인 방식으로 대응하기는 바로 이러한 자기 긍정과 자기 부정이 동시에 자리하고 있는 아이러니한 정신의 표현인 것이다. 그런 의미에서 아이러니와 역설의 진정한 의미는 말을 통해서 말을 해체하거나 넘어설 수밖에 없는 저 정신의 치열한 실존적 의식과 다르지 않다. 아래의 시에 등장하고 있는 이 '비굴'역시 저 치열한, 자기 모멸적 정신의 실존적 초상으로 이해되어야 할 것이다.

그러니까 오늘은
비굴을 잔굴, 석화, 홍굴, 보살굴, 석사처럼
영양이 듬뿍 들어 있는 굴의 한 종류로 읽고 싶다
생각컨대 한순간도 비굴하지 않았던 적이 없었으

므로

비굴은 나를 시 쓰게 하고
사랑하게 하고 체하게 하고
이별하게 하고 반성하게 하고
당신을 향한 뼈 없는 마음을 간직하게 하고
그 마음이 뼈 없는 몸이 되어 비굴이 된 것이니
그러니까 내일 당도할 오늘도
나는 비굴하고 비굴하다
팔팔 끓인 뼈 없는 마음과 몸인
비굴을 당신이 맛있게 먹어준다면

-「비굴 레시피」 부분

비록 환상 쪽에 무게중심이 현저하게 쏠려 있음에도 불구하고, 안현미의 시세계는 마치 "막장의 어둠"(「고생대 마을」) 같은 두터운 기억의 지층을 또한 갖고 있는 것처럼 보인다. 이 '고생대'의 지층 속에는 우선 무엇보다도 "막장에서 석탄을 캐내던 내 아버지"(「고장난 심장」) 혹은 "산다는 게 피 흘리는 일임을 너무도 일찍 알아차린 아버지"(「함부로」)와 "까치밥처럼 눈물겨운 엄마"(「우리 엄마 통장 속에는 까치가 산다」)의 화석이 자리하고 있다. 시인은 이 고생대의 지층, 즉 유년기의 기억들을 발굴하면서 "그때 우리에게 허락된 양식은 가난뿐이었"(「음악처럼, 비처럼」)다고 노래하고 있다. 그럼에도 불구하고, 유년기의 기억 속에서 발굴된 이 아비의 초상은 환상의 층위에서 '외눈박이 거인'(「오후 세 시」)의 모습으로 등장하여 "팔팔 끓는 솥을 계집아이 머릿속에 쏟아"붓는 저 아비의 이미지와는 또 얼마나 다른가? 환상의 층위에서 출현하는 저 외눈박이 아비의 이미지가 시인의 초자아의 초상이라면, 이 서정적인 기억 속에서 등장하는 아비는 마치 시인의 자아의 일부처럼 보이기도 한다. 기억이란 것이 언제나 주체의 자기 동일성의 확증을 위한 방어기제로 작용하기 때문일까? 어쨌든 우리는 시인의 저 유년기의 기억 속의 풍경을 자세히 들여다볼 수 있다.

아마도 태백이나 사북 같은 광산지대에서 유년기를 보냈던 것으로 보이는 시인의 기억 속에 남아 있는 고향의 이미지는 무엇보다도 상처와 가난을 떠올리게 한다(「함부로」, 「기차표 운동화」, 「고생대 마을」). 또한 저 기억의 고생대 지층 속에는 "고아는 아니었지만 고아 같았던", "꽃다발 청춘이었지만 벌레 같았"(「거짓말을 타전하다」)던 청춘기의 고독과 슬픔도 함께 자리하고 있는 듯하다. 그러나 기억이란, 마치 무의식이 펼

치는 꿈과 환상이 그러하듯 이, 이 가난과 고독의 그림자들을 그리움이라는 서정에 기대어 어떤 맑고도 따뜻한 심리적 풍경으로 전이시키는 것처럼 보인다. 그런 의미에서 안현미의 시들이 환상의 층위에서 기억의 층위로 무게중심을 옮길 때, 그 시어들은 맑고도 슬픈 서정의 결을 한껏 드러낸다는 사실은 어쩌면 당연한 것일지도 모른다. 맥락은 다르지만 「여행 온 아이가 여행 온 아이에게」「우리 엄마 통장 속에는 까치가 산다」「비처럼, 음악처럼」같은 작품들 또한 모두 이러한 깊은 서정의 울림을 지닌 시들이라고 할 수 있다. 시인의 무/의식이 재생한 기억 속에서는 모든 것이 이 무/의식에 의해 질서정연하게 자리 잡힌 것으로 표상되는 듯하기 때문이다. 사실상 기억이란 혼란스러운 과거의 편린들을 의식에 의해 재- 질서를 부여한 것에 붙여진 것의 다른 이름일지도 모른다. 그런 의미에서, 역설적이게도, 기억은 환상과 그리 먼 거리에 있지 않은 것 같다. 시인이 저 유년기와 청춘기의 기억을 일러 "마리화나 같은 추억"(「하시시」)이라고 명명하는 것도 어쩌면 이러한 사정을 반영하고 있는 것일 터이다. 안현미의 시세계에서는 다소 이례적이라고나 할 수 있을 다음과 같은 애틋한 서정적 가락을 추동하는 동력도 바로 이 같은 추억의 힘이라고 해야겠다.

원주시민회관서 은행원에게
시집가던 날 언니는
스무 해 정성스레 가꾸던 뒤란 꽃밭의
다알리아처럼 눈이 부시게 고왔지요

서울로 돈 벌러 간 엄마 대신
국민학교 입학식 날 함께 갔던 언니는
시민회관 창틀에 매달려 눈물을 떨구던 내게
가을 운동회 날 꼭 오마고 약속했지만
단풍이 흐드러지고 청군 백군 깃발이 휘날려도
끝내, 다녀가지 못하고
인편에 보내준 기차표 운동화만
먼지를 뒤집어쓴 채 토닥토닥
집으로 돌아온 가을 운동회 날

언니 따라 시집가버린
뒤란 꽃밭엔
금방 울음을 토할 것 같은
고추들만 빨갛게 익어가고 있었지요

-「기차표 운동화」 전문

안현미의 시세계는 이처럼 한편에서는 환상에 의한 탈주체적 경향의 작품들이 존재하고 있고, 또 다른 한편에서는 그리 두드러져 보이진 않지만 유년기의 기억에 의한 서정적 경향의 작품들이 함께 자리하고 있는 것처럼 보인다. 이 첫 시집에 실린 작품들이 하나의 고정된 시적 방법론에 의한 창작의 결과로 보이지 않는 것도 바로 그러한 이유 때문이다. 그렇다면 문제는 이 환상적 경향의 시들과 서정적 경향의 시들 사이에 나 있는 거리와 긴장이 될 터이다. 이 긴장이 형성되는 터전은 바로 '주체'라는 문제를 둘러싼 근대적 관념과 의식이다. 그런 의미에서 안현미의 시세계는 환상적 자아와 서정적 자아로 분열되어 있는 근대적 주체의 관념에 대한 예민한 자의식의 반영으로 읽힐 수 있다. 따라서 앞으로 안현미의 시적 과제는 이렇듯 환상과 서정에 의해 분열된 저 주체의 영역을 새롭게 복원하려는 것일 수밖에 없을 것처럼 보인다. 그러나 우리는 손쉽게 이 두 방향의 화해와 종합을 시인에게 촉구할 수가 없다. 그 같은 화해와 종합의 시도는 아마도 이 시인의 필생의 과제일 뿐만 아니라 또한 근대를 사는 이 시대 모든 시인들의 과제가 될 것이기 때문이다. 기억과 상상이, 서정과 환상이, 시의 노래와 장광설이 서로를 어깨동무하여 가는 새로운 시적 주체의 출현을 우리는 진정 보고 싶다. 그 새롭게 설정된 주체 속에서 정신과 자연은, 의식과 무의식은, 주체와 타자는, 현실 원칙과 쾌락 원칙은 서로를 어깨동무하여 동반하게 될 것이다. 안현미의 다음 시집을 기대하는 이유도 바로 거기에 있다. 이 시인이야말로 그 관계항의 양쪽 사이에나 있는 간격과 균열을 그 누구보다도 철저하게 느끼고 있음을 독자는 이미 알고 있기에.

곰곰

2020년 9월 14일 1판 1쇄 펴냄
2024년 10월 14일 1판 2쇄 펴냄

지은이 안현미
펴낸이 김성규
책임편집 조혜주
디자인 진다솜
펴낸곳 걷는사람

주소 경기도 용인시 기흥구 동백중앙로 358-6, 7층 (본사)
서울시 마포구 월드컵로16길 51 서교자이빌 304호 (지사)
전화 031 281 2602 / 02 323 2602
팩스 02 323 2603

등록 2016년 11월 18일 제25100-2016-000083호

ISBN 979-11-89128-10-4 04810
ISBN 979-11-89128-08-1 (세트) 04810